Wisdom of Mindfulness 002

3·1운동 100주년 기념

마가 스님이 엮은
만해 한용운 선집

평화의
첫걸음

Wisdom of Mindfulness 002

3·1운동 100주년 기념

마가 스님이 엮은
만해 한용운 선집

평화의
첫걸음

만해 한용운 지음 | 마가 스님 엮음

숨

만해 선사가 계셨던 강원도 인제의 백담사 전경

제 은사 스님의 은사이신 청담淸潭 조사(조계종 초대 총무원장과 통합 종단의 종정을 역임하셨으며 살아 있는 부처生佛로 불리셨던 큰스님)께서는 봉암사결사鳳巖寺結社를 통해 '오로지 부처님 법대로만 살아보자'라고 외치며 새로운 불교와 새로운 대한민국을 건설하기 위해 온몸을 불사르셨습니다. 또 은사이신 현성玄惺 조사(승가대 총장과 도선사 조실을 역임하셨던 큰스님)께서는 그 어려운 살림 속에서도 군부대와 구치소를 중심으로 헌신적인 포교 사업을 펼치시며 이 땅에 젊은 불교의 청정한 바람을 일으키셨습니다.

올해는 3·1운동 100주년이 되는 해입니다. 3·1운동 100주년의 의미를 마음속 깊이 새기면서 저는 3·1운동의 큰 정신이 청담 스님과 현성 스님, 제 스승들을 통해 제게도 이어졌음을 새삼 깨달았습니다. 또한 이 큰 정신이 바로 만해 한용운 대선사로부터 이어져왔음을 벼락처럼 깨달았습니다. 지금 이 자리에 만해 선사의 큰 글을 새로운 편집으로 내놓는 것은 나라 잃은 절망만이 앞섰던 일제 식민지 치하에서도 밤하늘의 별처럼 찬란히 빛나는 정신을 갖고 있었음을 방황하고 힘을 잃은 우리 젊은 세대가 기억했으면 하는 바람에서입니다.

만해는 단순히 시인인 것만도 아니고 큰 깨달음을 가진 선사인 것만도 아니고 또 독립운동가인 것만도 아니고 그 모든 것을 갖추고 그 모든 것을 넘어선 한 시대의 젊은 정신이었습니다. 이 젊은 정신이 오늘 우리에게 절실한 울림을 가져다줄 것이라고 저는 생각합니다. 그의 거처 성북동의 심우장을 총독부와 마주하기 싫어 거꾸로 햇빛을 받을 수 없게 지었다는 이야기처럼 일제와 일체의 타협을 거부한 그의 불굴의 정신은 뜨겁습니다. 그러나 그 정신은 단순히 일제에 대한 저항일 뿐 아니라 동아시아의 새로운 평화적 질서를 위한 노력이었음을 또한 강조하고 싶습니다. 기미독립선언서의 공약 일장과 「님의 침묵」, 「알 수 없어요」 같은 시에서 그의 정신은 분명히 저항과 투쟁을 넘어 평화를 향해 있습니다. 또한 우리는 만해 선사를 통해 내 밖의 평화는 내

안의 평화에서 시작됨을 확인할 수 있습니다. 이를 통해 어떤 어려움이더라도 그 어려움을 극복할 수 있는 힘은 이처럼 내 마음의 평화에서부터 출발함을 분명히 알 수 있습니다.

지구별에서 마지막 남은 분단국가이며 20세기 내내 식민지와 독재와 빈곤의 늪에서 허우적대던 이 한반도에 분열과 미움을 넘어 평화가 싹트고 있습니다. 남과 북이 하나되고 새로운 희망과 꿈에 부푸는 역사적 전환이 시작되고 있습니다. 21세기 세계사적 대전환의 살아 있는 무대인 이 한반도에서 우리 모두는, 각자 스스로의 소중한 삶을 지키며 만해 선사와 함께 힘찬 '평화의 첫걸음'을 내딛었으면 합니다.

불기 2563년, 3·1운동 100주년을 맞아

마가 합장

만해 한용운 영정

CONTENTS

Part 1

만
해
의
시

봄 물보다 깊으니라 가을 산보다 높으니라.

달보다 빛나리라 돌보다 굳으리라.

사랑을 묻는 이 있거든 이대로만 말하리.

알 수 없어요

바람도 없는 공중에 수직의 파문을 내이며 고요히 떨어지는 오동잎은 누구의 발자취입니까.

지리한 장마 끝에 서풍에 몰려가는 무서운 검은 구름의 터진 틈으로 언뜻언뜻 보이는 푸른 하늘은 누구의 얼굴입니까.

꽃도 없는 깊은 나무에 푸른 이끼를 거쳐서 옛 탑 위의 고요한 하늘을 스치는 알 수 없는 향기는 누구의 입김입니까.

근원은 알지도 못할 곳에서 나서 돌부리를 울리고 가늘게 흐르는 작은 시내는 굽이굽이 누구의 노래입니까.

연꽃 같은 발꿈치로 가이없는 바다를 밟고 옥 같은 손으로 끝없는 하늘을 만지면서 떨어지는 날을 곱게 단장하는 저녁놀은 누구의 시詩입니까.

타고 남은 재가 다시 기름이 됩니다. 그칠 줄을 모르고 타는 나의 가슴은 누구의 밤을 지키는 약한 등불입니까.

꽃이 먼저 알아

옛집을 떠나서 다른 시골에 봄을 만났습니다.

꿈은 이따금 봄바람을 따라서 아득한 옛터에 이릅니다.

지팡이는 푸르고 푸른 풀빛에 묻혀서 그림자와 서로 따릅니다.

길가에서 이름도 모르는 꽃을 보고서 행여 근심을 잊을까

하고 앉았습니다.

꽃송이에는 아침 이슬이 아직 마르지 아니한가 하였더니 아

아 나의 눈물이 떨어진 줄이야 꽃이 먼저 알았습니다.

님의 침묵

님은 갔습니다. 아아 사랑하는 나의 님은 갔습니다.

푸른 산빛을 깨치고 단풍나무 숲을 향하여 난 작은 길을 걸어서 차마 떨치고 갔습니다.

황금의 꽃같이 굳고 빛나던 옛 맹서는 차디찬 티끌이 되어서 한숨의 미풍에 날아갔습니다.

날카로운 첫 '키쓰'의 추억은 나의 운명의 지침을 돌려 놓고 뒷걸음쳐서 사라졌습니다.

나는 향기로운 님의 말소리에 귀먹고 꽃다운 님의 얼굴에 눈멀었습니다.

사랑도 사람의 일이라 만날 때에 미리 떠날 것을 염려하고 경계하지 아니한 것은 아니지만 이별은 뜻밖의 일이 되고 놀란 가슴은 새로운 슬픔에 터집니다.

그러나 이별을 쓸데없는 눈물의 원천을 만들고 마는 것은 스스로 사랑을 깨치는 것인 줄 아는 까닭에 걷잡을 수 없는 슬픔의 힘을 옮겨서 새 희망의 정수박이에 들어부었습니다.

우리는 만날 때에 떠날 것을 염려하는 것과 같이 떠날 때에 다시 만날 것을 믿습니다.

아아 님은 갔지마는 나는 님을 보내지 아니하였습니다.

제 곡조를 못 이기는 사랑의 노래는 님의 침묵을 휩싸고 돕니다.

나의 길

이 세상에는 길도 많기도 합니다.

산에는 돌길이 있습니다. 바다에는 뱃길이 있습니다. 공중에는 달과 별의 길이 있습니다.

강가에서 낚시질하는 사람은 모래 위에 발자취를 내입니다.

들에서 나물 캐는 여자는 방초芳草를 밟습니다.

악한 사람은 죄의 길을 좇아갑니다.

의義 있는 사람은 옳은 일을 위하여는 칼날을 밟습니다.

서산에 지는 해는 붉은 놀을 밟습니다.

봄 아침의 맑은 이슬은 꽃머리에서 미끄럼 탑니다.

그러나 나의 길은 이 세상에 둘밖에 없습니다.

하나는 님의 품에 안기는 길입니다.

그렇지 아니하면 죽음의 품에 안기는 길입니다.

그것은 만일 님의 품에 안기지 못하면 다른 길은 죽음의 길보다 험하고 괴로운 까닭입니다.

아아 나의 길은 누가 내었습니까.

아아 이 세상에는 님이 아니고는 나의 길을 내일 수가 없습니다.

그런데 나의 길을 님이 내었으면 죽음의 길은 왜 내셨을까요.

하나가 되어 주셔요

님이여, 나의 마음을 가져가려거든 마음을 가진 나에게서 가져가셔요. 그리하여 나로 하여금 님에게서 하나가 되게 하셔요.

그렇지 아니하거든 나에게 고통만을 주지 마시고 님의 마음을 다 주셔요. 그리고 마음을 가진 님에게서 나에게 주셔요. 그래서 님으로 하여금 나에게서 하나가 되게 하셔요.

그렇지 아니하거든 나의 마음을 돌려 보내 주셔요. 그러고 나에게 고통을 주셔요.

그러면 나는 나의 마음을 가지고 님의 주시는 고통을 사랑하겠습니다.

차라리

님이여, 오셔요. 오시지 아니 하려면 차라리 가셔요. 가려다 오고 오려다 가는 것은 나에게 목숨을 빼앗고 죽음도 주지 않는 것입니다.

님이여, 나를 책망하려거든 차라리 큰소리로 말씀하여 주셔요.

침묵으로 책망하지 말고 침묵으로 책망하는 것은 아픈 마음을 얼음 바늘로 찌르는 것입니다.

님이여, 나를 아니 보려거든 차라리 눈을 돌려서 감으셔요. 흐르는 곁눈으로 흘겨보지 마셔요. 곁눈으로 흘겨보는 것은 사랑의 보褓에 가시의 선물을 싸서 주는 것입니다.

진주

언제인지 내가 바닷가에 가서 조개를 주웠지요. 당신은 나의 치마를 걷어 주셨어요. 진흙 묻는다고.

집에 와서는 나를 어린아기 같다고 하셨지요. 조개를 주워다가 장난한다고. 그러고 나가시더니 금강석을 사다 주셨습니다, 당신이.

나는 그때에 조개 속에서 진주를 얻어서 당신의 작은 주머니에 넣어 드렸습니다.

당신이 어디 그 진주를 가지고 계셔요, 잠시라도 왜 남을 빌려 주셔요.

행복

나는 당신을 사랑하고 당신의 행복을 사랑합니다. 나는 온 세상 사람이 당신을 사랑하고 당신의 행복을 사랑하기를 바랍니다.

그러나 정말로 당신을 사랑하는 사람이 있다면 나는 그 사람을 미워하겠습니다. 그 사람을 미워하는 것은 당신을 사랑하는 마음의 한 부분입니다.

그러므로 그 사람을 미워하는 고통도 나에게는 행복입니다.

만일 온 세상 사람이 당신을 미워한다면 나는 그 사람을 얼마나 미워하겠습니까.

만일 온 세상 사람이 당신을 사랑하지도 않고 미워하지도 않는다면 그것은 나의 일생에 견딜 수 없는 불행입니다.

만일 온 세상 사람이 당신을 사랑하고자 하여 나를 미워한다면 나의 행복은 더 클 수가 없습니다.

그것은 모든 사람의 나를 미워하는 원한의 두만강이 깊을수록 나의 당신을 사랑하는 행복의 백두산이 높아지는 까닭입니다.

당신은

당신은 나를 보면 왜 늘 웃기만 하셔요. 당신의 찡그리는 얼굴을 좀 보고 싶은데.

나는 당신을 보고 찡그리기는 싫어요. 당신은 찡그리는 얼굴을 보기 싫어하실 줄을 압니다.

그러나 떨어진 도화가 날아서 당신의 입술을 스칠 때에 나는 이마가 찡그려지는 줄도 모르고 울고 싶었습니다.

그래서 금실로 수놓은 수건으로 얼굴을 가렸습니다.

잠 없는 꿈

나는 어느 날 밤에 잠 없는 꿈을 꾸었습니다.

'나의 님은 어데 있어요. 나는 님을 보러 가겠습니다. 님에게 가는 길을 가져다가 나에게 주셔요. 검이여.'

'너의 가려는 길은 너의 님의 오려는 길이다. 그 길을 가져다 너에게 주면 너의 님은 올 수가 없다.'

'내가 가기만 하면 님은 아니 와도 관계가 없습니다.'

'너의 님의 오려는 길을 너에게 갖다 주면 너의 님은 다른 길로 오게 된다. 네가 간대도 너의 님을 만날 수가 없다.'

'그러면 그 길을 가져다가 나의 님에게 주셔요.'

'너의 님에게 주는 것이 너에게 주는 것과 같다. 사람마다 저의 길이 각각 있는 것이다.'

'그러면 어찌하여야 이별한 님을 만나보겠습니까.'

'네가 너를 가져다가 너의 가려는 길에 주어라. 그러하고 쉬지 말고 가거라.'

'그리할 마음은 있지마는 그 길에는 고개도 많고 물도 많습

니다. 갈 수가 없습니다.'

검은 '그러면 너의 님을 가슴에 안겨 주마' 하고 나의 님을 나에게 안겨 주었습니다.

나는 나의 님을 힘껏 껴안았습니다.

나의 팔이 나의 가슴을 아프도록 다칠 때에 나의 두 팔에 베어진 허공은 나의 팔을 뒤에 두고 이어졌습니다.

슬픔의 삼매

하늘의 푸른 빛과 같이 깨끗한 죽음은 군동群動을 정화淨化합
니다.

허무의 빛인 고요한 밤은 대지에 군림하였습니다.

힘없는 촛불 아래에 사리뜨리고 외로이 누워 있는 오오 님
이여.

눈물의 바다에 꽃배를 띄웠습니다.

꽃배는 님을 싣고 소리도 없이 가라앉았습니다.

나는 슬픔의 삼매三昧에 '아공我空'이 되었습니다.

꽃향기의 무르녹은 안개에 취하여 청춘의 광야에 비틀걸음
치는 미인이여.

죽음을 기러기 털보다도 가벼웁게 여기고 가슴에서 타오르는 불꽃을 얼음처럼 마시 는 사랑의 광인狂人이여.

아아 사랑에 병들어 자기의 사랑에게 자살을 권고하는 사랑의 실패자여.

그대는 만족한 사랑을 받기 위하여 나의 팔에 안겨요.

나의 팔은 그대의 사랑의 분신인 줄을 그대는 왜 모르서요.

내려오셔요, 나의 마음이 자릿자릿하여요. 곧 내려오셔요.

사랑하는 님이여, 어찌 그렇게 높고 가는 나뭇가지 위에서 춤을 추셔요.

두 손으로 나뭇가지를 단단히 붙들고 고이고이 내려오셔요.

에그 저 나무 잎새가 연꽃 봉오리 같은 입술을 스치겠네, 어서 내려오셔요.

'네네, 내려가고 싶은 마음이 잠자거나 죽은 것은 아닙니다마는 나는 아시는 바와 같이 여러 사람의 님인 때문이어요. 향기로운 부르심을 거스르고자 하는 것은 아닙니다'고 버들가지에 걸린 반달은 해쭉해쭉 웃으면서 이렇게 말하는 듯하였습니다.

나는 작은 풀잎만치도 가림이 없는 발가벗은 부끄럼을 두 손으로 움켜쥐고 빠른 걸음으로 잠자리에 들어가서 눈을 감고 누웠습니다.

내려오지 않는다던 반달이 사뿐사뿐 걸어와서 창밖에 숨어서 나의 눈을 엿봅니다.

부끄럽던 마음이 갑자기 무서워서 떨려집니다.

사랑의 존재

사랑을 '사랑'이라고 하면 벌써 사랑은 아닙니다.

사랑을 이름지을 만한 말이나 글이 어데 있습니까.

미소에 눌려서 괴로운 듯한 장미빛 입술인들 그것을 스칠 수가 있습니까.

눈물의 뒤에 숨어서 슬픔의 흑암면黑闇面을 반사하는 가을 물결의 눈인들 그것을 비출 수가 있습니까.

그림자 없는 구름을 거쳐서 메아리 없는 절벽을 거쳐서 마음이 갈 수 없는 바다를 거쳐서 존재? 존재입니다.

그 나라는 국경이 없습니다. 수명은 시간이 아닙니다.

사랑의 존재는 님의 눈과 님의 마음도 알지 못합니다.

사랑의 비밀은 다만 님의 수건에 수놓는 바늘과 님의 심으신 꽃나무와 님의 잠과 시인의 상상과 그들만이 압니다.

생명

닻과 키를 잃고 거친 바다에 표류된 작은 생명의 배는 아직 발견도 아니 된 황금의 나라를 꿈꾸는 한 줄기 희망의 나침반이 되고 향로가 되고 순풍이 되어서 물결의 한 끝은 하늘을 치고 다른 물결의 한 끝은 땅을 치는 무서운 바다에 배질합니다.

님이여, 님에게 바치는 이 작은 생명을 힘껏 껴안아주셔요.

이 작은 생명이 님의 품에서 으서진다 하여도 환희의 영지靈地에서 순정殉情한 생명의 파편은 최귀最貴한 보석이 되어서 쪼각쪼각이 적당히 이어져서 님의 가슴에 사랑의 휘장을 걸겠습니다.

님이여, 끝없는 사막에 한 가지의 깃들일 나무도 없는 작은 새인 나의 생명을 님의 가슴에 으서지도록 껴안아 주셔요.

그리고 부서진 생명의 쪼각쪼각에 입맞춰 주셔요.

꿈과 근심

밤 근심이 하 길기에

꿈도 길 줄 알았더니

님을 보러 가는 길에

반도 못 가서 깨었구나.

새벽 꿈이 하 짧기에

근심도 짧을 줄 알았더니

근심에서 근심으로

끝간 데를 모르겠다.

만일 님에게도

꿈과 근심이 있거든

차라리

근심이 꿈 되고 꿈이 근심 되어라.

당신이 가신 뒤로 나는 당신을 잊을 수가 없습니다.

까닭은 당신을 위하느니보다 나를 위함이 많습니다.

나는 갈고 심을 땅이 없으므로 추수가 없습니다.

저녁거리가 없어서 조나 감자를 꾸러 이웃집에 갔더니 주인

은 '거지는 인격이 없다. 인격이 없는 사람은 생명이 없다.

너를 도와주는 것은 죄악이다'고 말하였습니다.

그 말을 듣고 돌아나올 때에 쏟아지는 눈물 속에서 당신을

보았습니다.

나는 집도 없고 다른 까닭을 겸하여 민적民籍이 없습니다.

'민적 없는 자는 인권이 없다. 인권이 없는 너에게 무슨 정

조냐' 하고 능욕하려는 장군이 있었습니다.

그를 항거한 뒤에 남에게 대한 격분이 스스로의 슬픔으로

화하는 찰나에 당신을 보았습니다.

아아 온갖 윤리, 도덕, 법률은 칼과 황금을 제사지내는 연기

인 줄을 알았습니다.

영원의 사랑을 받을까, 인간 역사의 첫 페이지에 잉크칠을 할까, 술을 마실까 망설일 때에 당신을 보았습니다.

첫 키쓰

마셔요, 제발 마셔요.

보면서 못 보는 체 마셔요.

마셔요, 제발 마셔요.

입술을 다물고 눈으로 말하지 마셔요.

마셔요, 제발 마셔요.

뜨거운 사랑에 웃으면서 차디찬 잔 부끄럼에 울지 마셔요.

마셔요, 제발 마셔요.

세계의 꽃을 혼자 따면서 항분에 넘쳐서 떨지 마셔요.

마셔요, 제발 마셔요.

미소는 나의 운명의 가슴에서 춤을 춥니다. 새삼스럽게 스스러워 마셔요.

님의 얼굴

님의 얼굴을 '어여쁘다'고 하는 말은 적당한 말이 아닙니다.
어여쁘다는 말은 인간 사람의 얼굴에 대한 말이요. 님은 인
간의 것이라고 할 수가 없을 만치 어여쁜 까닭입니다.

자연은 어찌하여 그렇게 어여쁜 님을 인간으로 보냈는지 아
무리 생각하여도 알 수가 없습니다.
알겠습니다. 자연의 가운데에는 님의 짝이 될 만한 무엇이
없는 까닭입니다.

님의 입술 같은 연꽃이 어데 있어요. 님의 살빛 같은 백옥이
어데 있어요.
봄 호수에서 님의 눈결 같은 잔물결을 보았습니까. 아침 볕
에서 님의 미소 같은 방향芳香을 들었습니까.
천국의 음악은 님의 노래의 반향입니다. 아름다운 별들은
님의 눈빛의 화현化現입니다.

아아 나는 님의 그림자여요.

님은 님의 그림자밖에는 비길 만한 것이 없습니다.

님의 얼굴을 어여쁘다고 하는 말은 적당한 말이 아닙니다.

님이여, 당신은 백 번이나 단련한 금金결입니다.

뽕나무 뿌리가 산호가 되도록 천국의 사랑을 받읍소서.

님이여, 사랑이여, 아침 볕의 첫걸음이여.

님이여, 당신은 의義가 무거웁고, 황금이 가벼운 것을 잘 아
십니다.

거지의 거친 밭에 복의 씨를 뿌리옵소서.

님이여, 사랑이여, 옛 오동의 숨은 소리여.

님이여, 당신은 봄과 광명과 평화를 좋아하십니다.

약자의 가슴에 눈물을 뿌리는 자비의 보살이 되옵소서.

님이여, 사랑이여, 얼음바다에 봄바람이여.

비밀

비밀입니까, 비밀이라니요, 나에게 무슨 비밀이 있겠습니까. 나는 당신에게 대하여 비밀을 지키려고 하였습니다마는 비밀은 야속히도 지켜지지 아니하였습니다.

나의 비밀은 눈물을 거쳐서 당신의 시각으로 들어갔습니다. 나의 비밀은 한숨을 거쳐서 당신의 청각으로 들어갔습니다. 나의 비밀은 떨리는 가슴을 거쳐서 당신의 촉각으로 들어갔습니다.
그 밖의 비밀은 한 조각 붉은 마음이 되어서 당신의 꿈으로 들어갔습니다.
그러고 마지막 비밀은 하나 있습니다. 그러나 그 비밀은 소리 없는 메아리와 같아서 표현할 수가 없습니다.

의심하지 마셔요

의심하지 마셔요. 당신과 떨어져 있는 나에게 조금도 의심을 두지 마셔요.
의심을 둔대야 나에게는 별로 관계가 없으나 부질없이 당신에게 고통의 숫자만 더할 뿐입니다.

나는 당신의 첫사랑의 팔에 안길 때에 온갖 거짓의 옷을 다 벗고 세상에 나온 그대로의 발가벗은 몸을 당신의 앞에 놓았습니다. 지금까지도 당신의 앞에는 그때에 놓아둔 몸을 그대로 받들고 있습니다.

만일 인위人爲가 있다면 '어찌하여야 첨 마음을 변치 않고 끝끝내 거짓 없는 몸을 님에게 바칠고' 하는 마음뿐입니다.
당신의 명령이라면 생명의 옷까지도 벗겠습니다.

나에게 죄가 있다면 당신을 그리워하는 나의 '슬픔' 입니다.

당신이 가실 때에 나의 입술에 수가 없이 입 맞추고 '부디 나에게 대하여 슬퍼하지 말고 잘 있으라'고 한 당신의 간절한 부탁에 위반되는 까닭입니다.

그러나 그것만은 용서하여 주셔요.

당신을 그리워하는 슬픔은 곧 나의 생명인 까닭입니다.

만일 용서하지 아니하면 후일에 그에 대한 벌을 풍우風雨의 봄 새벽의 낙화落花의 수만치라도 받겠습니다.

당신의 사랑의 동앗줄에 휘감기는 체형體刑도 사양치않겠습니다.

당신의 사랑의 혹법酷法 아래에 일만 가지로 복종하는 자유형自由刑도 받겠습니다.

그러나 당신이 나에게 의심을 두시면 당신의 의심의 허물과 나의 슬픔의 죄를 맞비기고 말겠습니다.

당신에게 떨어져 있는 나에게 의심을 두지 마셔요. 부질없이 당신에게 고통의 숫자를 더하지 마셔요.

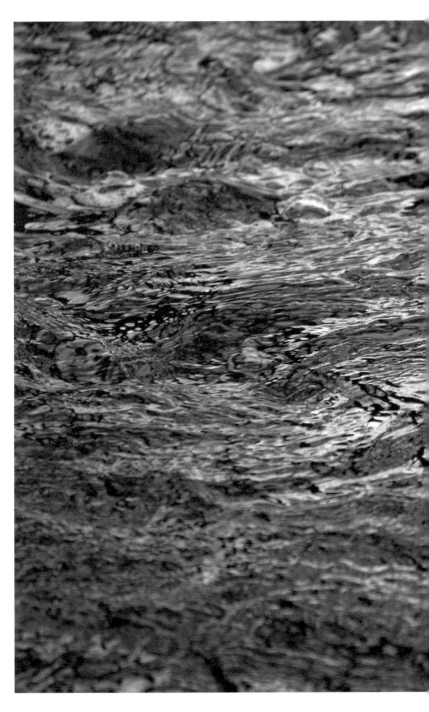

나룻배와 행인

나는 나룻배
당신은 행인.

당신은 흙발로 나를 짓밟습니다.
나는 당신을 안고 물을 건너갑니다.
나는 당신을 안으면 깊으나 옅으나 급한 여울이나 건너갑
니다.

만일 당신이 아니 오시면 나는 바람을 쐬고 눈비를 맞으며
밤에서 낮까지 당신을 기다리고 있습니다.
당신은 물만 건너면 나를 돌아보지도 않고 가십니다그려.
그러나 당신이 언제든지 오실 줄만은 알아요.
나는 당신을 기다리면서 날마다 날마다 낡아갑니다.

나는 나룻배
당신은 행인.

당신이 아니더면

당신이 아니더면 포시럽고 매끄럽던 얼굴이 왜 주름살이 잡혀요.

당신이 기룹지만 않다면 언제까지라도 나는 늙지 아니할 테여요.

맨 첨에 당신에게 안기던 그때대로 있을 테여요.

그러나 늙고 병들고 죽기까지라도 당신 때문이라면 나는 싫지 안 하여요.

나에게 생명을 주든지 죽음을 주든지 당신의 뜻대로만 하셔요.

나는 곧 당신이어요.

사랑의 측량

즐겁고 아름다운 일은 양이 많을수록 좋은 것입니다.

그런데 당신의 사랑은 양이 적을수록 좋은가봐요.

당신의 사랑은 당신과 나와 두 사람의 사이에 있는 것입니다.

사랑의 양을 알려면 당신과 나의 거리를 측량할 수밖에 없습니다.

그래서 당신과 나의 거리가 멀면 사랑의 양이 많고 거리가 가까우면 사랑의 양이 적을 것입니다.

그런데 적은 사랑은 나를 웃기더니 많은 사랑은 나를 울립니다.

뉘라서 사람이 멀어지면 사랑도 멀어 진다고 하여요.

당신이 가신 뒤로 사랑이 멀어졌으면 날마다 날마다 나를 울리는 것은 사랑이 아니고 무엇이어요.

밤은 고요하고

밤은 고요하고 방은 물로 시친 듯합니다.

이불은 개인 채로 옆에 놓아두고 화롯불을 다듬거리고 앉았습니다.

밤은 얼마나 되었는지 화롯불은 꺼져서 찬 재가 되었습니다.

그러나 그를 사랑하는 나의 마음은 오히려 식지 아니하였습니다.

닭의 소리가 채 나기 전에 그를 만나서 무슨 말을 하였는데 꿈조차 분명치 않습니다그려.

포도주

가을 바람과 아침 볕에 마치맞게 익은 향기로운 포도를 따서 술을 빚었습니다. 그 술 고이는 향기는 가을 하늘을 물들입니다.

님이여, 그 술을 연잎 잔에 가득히 부어서 님에게 드리겠습니다.

님이여, 떨리는 손을 거쳐서 타오르는 입술을 축이셔요.

님이여, 그 술은 한 밤을 지나면 눈물이 됩니다.

아아 한 밤을 지나면 포도주가 눈물이 되지마는 또 한 밤을 지나면 나의 눈물이 다른 포도주가 됩니다. 오오 님이여.

―――――

'?'

희미한 졸음이 활발한 님의 발자취 소리에 놀라 깨어 무거운 눈썹을 이기지 못하면서 창을 열고 내다보았습니다.

동풍에 몰리는 소낙비는 산모롱이를 지나가고 뜰 앞의 파초 잎 위에 빗소리의 남은 음파가 그네를 뜁니다.

감정과 이지가 마주치는 찰나에 인면人面의 악마와 수심獸心의 천사가 보이려다 사라집니다.

흔들어 빼는 님의 노랫가락에 첫 잠든 어린 잔나비의 애처로운 꿈이 꽃 떨어지는 소리에 깨었습니다.

죽은 밤을 지키는 외로운 등잔불의 구슬꽃이 제 무게를 이기지 못하여 고요히 떨어집니다.

미친 불에 타오르는 불쌍한 영靈은 절망의 북극에서 신세계를 탐험합니다.

사막의 꽃이여, 그믐밤의 만월이여, 님의 얼굴이여.

피려는 장미화薔薇花는 아니라도 갈지 않은 백옥白玉인 순결 한 나의 입술은 미소에 목욕 감는 그 입술에 채 닿지 못하였 습니다.

움직이지 않는 달빛에 눌리운 창에는 저의 털을 가다듬는 고양이의 그림자가 오르락내리락합니다.

아아 불佛이냐 마魔냐 인생이 티끌이냐 꿈이 황금이냐.

작은 새여, 바람에 흔들리는 약한 가지에서 잠자는 작은 새여.

해당화

당신은 해당화 피기 전에 오신다고 하였습니다. 봄은 벌써 늦었습니다.

봄이 오기 전에는 어서 오기를 바랐더니 봄이 오고 보니 너무 일찍 왔나 두려워합니다.

철모르는 아이들은 뒷동산에 해당화가 피었다고 다투어 말하기로 듣고도 못 들은 체 하였더니,

야속한 봄바람은 나는 꽃을 불어서 경대 위에 놓입니다그려.

시름없이 꽃을 주워서 입술에 대고 '너는 언제 피었나' 하고 물었습니다.

꽃은 말도 없이 나의 눈물에 비쳐서 둘도 되고 셋도 됩니다.

나의 노래

나의 노랫가락의 고저장단은 대중이 없습니다.

그래서 세속의 노래 곡조와는 조금도 맞지 않습니다.

그러나 나는 나의 노래가 세속 곡조에 맞지 않는 것을 조금도 애닯아하지 않습니다.

나의 노래는 세속의 노래와 다르지 아니하면 아니 되는 까닭입니다.

곡조는 노래의 결함을 억지로 조절하려는 것입니다.

곡조는 부자연한 노래를 사람의 망상으로 도막쳐 놓는 것입니다.

참된 노래에 곡조를 붙이는 것은 노래의 자연에 치욕입니다.

님의 얼굴에 단장을 하는 것이 도리어 험이 되는 것과 같이 나의 노래에 곡조를 붙이면 도리어 결점이 됩니다.

나의 노래는 사랑의 신을 울립니다.

나의 노래는 처녀의 청춘을 줍짜서 보기도 어려운 맑은 물을 만듭니다.

나의 노래는 님의 귀에 들어가서는 천국의 음악이 되고 님의 꿈에 들어가서는 눈물이 됩니다.

나의 노래가 산과 들을 지나서 멀리 계신 님에게 들리는 줄을 나는 압니다.
나의 노랫가락이 바르르 떨다가 소리를 이루지 못할 때에 나의 노래가 님의 눈물겨운 고요한 환상으로 들어가서 사라지는 것을 나는 분명히 압니다.
나는 나의 노래가 님에게 들리는 것을 생각할 때에 광영光榮에 넘치는 나의 작은 가슴은 발발발 떨면서 침묵의 음보音譜를 그립니다.

복종

남들은 자유를 사랑한다지마는 나는 복종을 좋아하여요.
자유를 모르는 것은 아니지만 당신에게는 복종만 하고 싶어요.
복종하고 싶은데 복종하는 것은 아름다운 자유보다도 달금
합니다. 그것이 나의 행복입니다.

그러나 당신이 나더러 다른 사람을 복종하라면 그것만은 복
종할 수가 없습니다.
다른 사람을 복종하려면 당신에게 복종할 수가 없는 까닭입
니다.

어느 것이 참이냐

엷은 사紗의 장막이 작은 바람에 휘둘려서 처녀의 꿈을 휩싸듯이 자취도 없는 당신의 사랑은 나의 청춘을 휘감습니다.
발딱거리는 어린 피는 고요하고 맑은 천국의 음악에 춤을 추고 헐떡이는 작은 영靈은 소리없이 떨어지는 천화天花의 그늘에 잠이 듭니다.

가는 봄비가 드린 버들에 둘러서 푸른 연기가 되듯이 끝도 없는 당신의 정情실이 나의 잠을 얽습니다.
바람을 따라가려는 짧은 꿈은 이불 안에서 몸부림치고 강 건너 사람을 부르는 바쁜 잠꼬대는 목 안에서 그네를 뜁니다.
비긴 달빛이 이슬에 젖은 꽃수풀을 싸라기처럼 부시듯이 당신의 떠난 한은 드는 칼이 되어서 나의 애를 도막도막 끊어 놓았습니다.

문밖의 시냇물은 물결을 보태려고 나의 눈물을 받으면서 흐르지 않습니다.

봄동산의 미친 바람은 꽃 떨어뜨리는 힘을 더하려고 나의

한숨을 기다리고 섰습니다.

금강산

만이천봉萬二千峰! 무양無恙하냐, 금강산아.

너는 너의 님이 어데서 무엇을 하는지 아느냐.

너의 님은 너 때문에 가슴에서 타오르는 불꽃에 온갖 종교,
철학, 명예, 재산, 그 외에도 있으면 있는 대로 태워 버리는
줄을 너는 모르리라.

너는 꽃에 붉은 것이 너냐.

너는 잎에 푸른 것이 너냐.

너는 단풍에 취한 것이 너냐.

너는 백설에 깨인 것이 너냐.

나는 너의 침묵을 잘 안다.

너는 철모르는 아이들에게 종작 없는 찬미를 받으면서 시쁜
웃음을 참고 고요히 있는 줄을 나는 잘 안다.

그러나 너는 천당이나 지옥이나 하나만 가지고 있으려무나.

꿈 없는 잠처럼 깨끗하고 단순하란 말이다.

나도 짧은 갈궁이로 강 건너의 꽃을 꺾는다고 큰말하는 미친 사람은 아니다. 그래서 침착하고 단순하려고 한다.

나는 너의 입김에 불려오는 조각 구름에 키쓰한다.

만이천봉! 무양하냐, 금강산아.

너는 너의 님이 어데서 무엇을 하는지 모르지.

자유정조

내가 당신을 기다리고 있는 것은 기다리고자 하는 것이 아니라 기다려지는 것입니다.

말하자면 당신을 기다리는 것은 정조보다도 사랑입니다.

남들은 나더러 시대에 뒤진 낡은 여성이라고 삐죽거립니다.

구구한 정조를 지킨다고.

그러나 나는 시대성을 이해하지 못하는 것도 아닙니다.

인생과 정조의 심각한 비탄을 하여 보기도 한두 번이 아닙니다.

자유연애의 신성(?)을 덮어놓고 부정하는 것도 아닙니다.

대자연을 따라서 초연생활超然生活을 할 생각도 하여 보았습니다.

그러나 구경究竟, 만사가 다 저의 좋아하는 대로 말한 것이요 행한 것입니다.

나는 님을 기다리면서 괴로움을 먹고 살이 찝니다. 어려움을 입고 키가 큽니다.

나의 정조는 '자유정조自由貞操'입니다.

예술가

나는 서투른 화가여요.

잠 아니 오는 잠자리에 누워서 손가락을 가슴에 대고 당신의 코와 입과 두 볼에 새암 파지는 것까지 그렸습니다.

그러나 언제든지 작은 웃음이 떠도는 당신의 눈자위는 그리다가 백 번이나 지웠습니다.

나는 파겁破怯 못한 성악가여요.

이웃 사람도 돌아가고 버러지 소리도 그쳤는데 당신의 가르쳐 주시던 노래를 부르려다가 조는 고양이가 부끄러워서 부르지 못하였습니다.

그래서 가는 바람이 문풍지를 스칠 때에 가만히 합창하였습니다.

나는 서정시인이 되기에는 너무도 소질이 없나봐요.

'즐거움'이니 '슬픔'이니 '사랑'이니 그런 것은 쓰기 싫어요.

당신의 얼굴과 소리와 걸음걸이와를 그대로 쓰고 싶습니다.

그리고 당신의 집과 침대와 꽃밭에 있는 작은 돌도 쓰겠습

니다.

이별은 미의 창조

이별은 미의 창조입니다.

이별의 미는 아침의 바탕 없는 황금과 밤의 올 없는 검은 비
단과 죽음 없는 영원의 생명과 시들지 않는 하늘의 푸른 꽃
에도 없습니다.

님이여, 이별이 아니면 나는 눈물에서 죽었다가 웃음에서
다시 살아날 수가 없습니다. 오오 이별이여.

미는 이별의 창조 입니다.

고적한 밤

하늘에는 달이 없고 땅에는 바람이 없습니다.
사람들은 소리가 없고 나는 마음이 없습니다.

우주는 죽음인가요.
인생은 잠인가요.

한 가닥은 눈썹에 걸치고 한 가닥은 작은 별에 걸쳤던 님 생
각의 금(金)실은 살살살 걷힙니다.
한 손에는 황금의 칼을 들고 한 손으로 천국의 꽃을 꺾던 환
상의 여왕도 그림자를 감추었습니다.
아아, 님 생각의 금실과 환상의 여왕이 두 손을 마주잡고 눈
물의 속에서 정사(情死)한 줄이야 누가 알아요.

우주는 죽음인가요.
인생은 눈물인가요.

인생이 눈물이면

죽음은 사랑인가요.

꿈 깨고서

님이면은 나를 사랑하련마는 밤마다 문밖에 와서 발자춰 소리만 내고 한 번도 들어오지 아니하고 도로 가니 그것이 사랑인가요.
그러나 나는 발자춰 나마 님의 문밖에 가본 적이 없습니다.
아마 사랑은 님에게만 있나봐요.

아아 발자춰 소리나 아니더면 꿈이나 아니 깨었으련마는 꿈은 님을 찾아가려고 구름을 탔었어요.

길이 막혀

당신의 얼굴은 달도 아니언만
산 넘고 물 넘어 나의 마음을 비춥니다.

나의 손길은 왜 그리 짧아서
눈앞에 보이는 당신의 가슴을 못 만지나요.

당신이 오기로 못 올 것이 무엇이며
내가 가기로 못 갈 것이 없지마는
산에는 사다리가 없고
물에는 배가 없어요.

뉘라서 사다리를 떼고 배를 깨트렸습니까.
나는 보석으로 사다리 놓고 진주로 배 모아요.
오시려도 길이 막혀서 못 오시는 당신이 기루어요.

나는 잊고저

남들은 님을 생각한다지만
나는 님을 잊고저 하여요.
잊고저 할수록 생각하기로
행여 잊힐까 하고 생각하여 보았습니다.

잊으려면 생각하고
생각하면 잊히지 아니하니
잊도 말고 생각도 말아 볼까요.
잊든지 생각든지 내버려두어 볼까요.
그러나 그리도 아니 되고
끊임없는 생각생각에 님뿐인데 어찌하여요.

구태여 잊으려면
잊을 수가 없는 것은 아니지만
잠과 죽음뿐이기로

님 두고는 못하여요.

아아 잊히지 않는 생각보다
잊고저 하는 그것이 더욱 괴롭습니다.

가지 마셔요

그것은 어머니의 가슴에 머리를 숙이고 자기자기한 사랑을 받으려고 삐죽거리는 입술로 표정하는 어여쁜 아기를 싸안으려는 사랑의 날개가 아니라, 적의 깃발입니다.

그것은 자비의 백호광명白毫光明이 아니라 번득거리는 악마의 눈빛입니다.

그것은 면류관과 황금의 누리와 죽음과를 본 체도 아니하고 몸과 마음을 돌돌 뭉쳐서 사랑의 바다에 퐁당 넣으려는 사랑의 여신이 아니라 칼의 웃음입니다.

아아 님이여, 위안에 목마른 나의 님이여, 걸음을 돌리셔요, 거기를 가지 마셔요, 나는 싫어요.

대지의 음악은 무궁화 그늘에 잠들었습니다.

광명의 꿈은 검은 바다에 서 자맥질합니다.

무서운 침묵은 만상萬像의 속살거림에 서슬이 푸른 교훈을 나리고 있습니다.

아아 님이여, 새 생명의 꽃에 취하려는 나의 님이여, 걸음을 돌리셔요, 거기를 가지 마셔요, 나는 싫어요.

거룩한 천사의 세례를 받은 순결한 청춘을 똑 따서 그 속에 자기의 생명을 넣어 그것을 사랑의 제단祭壇에 제물로 드리는 어여쁜 처녀가 어데 있어요.

달금하고 맑은 향기를 꿀벌에게 주고 다른 꿀벌에게 주지 않는 이상한 백합꽃이 어데 있어요.

자신의 전체를 죽음의 청산에 장사지내고 흐르는 빛으로 밤을 두 쪼각에 베는 반딧불이 어데 있어요.
아아 님이여, 정에 순사殉死하려는 나의 님이여. 걸음을 돌리셔요, 거기를 가지 마셔요, 나는 싫어요.

그 나라에는 허공이 없습니다.
그 나라에는 그림자 없는 사람들이 전쟁을 하고 있습니다.
그 나라에는 우주만상의 모든 생명의 쇳대를 가지고 척도를 초월한 삼엄한 궤율軌律로 진행하는 위대한 시간이 정지되었습니다.

아아 님이여, 죽음을 방향芳香이라고 하는 나의 님이여. 걸음을 돌리셔요, 거기를 가지 마셔요, 나는 싫어요.

이별

아아 사람은 약한 것이다, 여린 것이다, 간사한 것이다.

이 세상에는 진정한 사랑의 이별은 있을 수가 없는 것이다.

죽음으로 사랑을 바꾸는 님과 님에게야 무슨 이별이 있으랴.

이별의 눈물은 물거품의 꽃이요, 도금한 금방울이다.

칼로 베힌 이별의 '키쓰'가 어데 있느냐.

생명의 꽃으로 빚은 이별의 두견주杜鵑酒가 어데 있느냐.

피의 홍보석紅寶石으로 만든 이별의 기념반지가 어데 있느냐.

이별의 눈물은 저주의 마니주摩尼珠요, 거짓의 수정이다.

사랑의 이별은 이별의 반면에 반드시 이별하는 사랑보다 더
큰 사랑이 있는 것이다.

혹은 직접의 사랑은 아닐지라도 간접의 사랑이라도 있는 것
이다.

다시 말하면 이별하는 애인보다 자기를 더 사랑하는 것이다.

만일 애인을 자기의 생명보다 더 사랑하면 무궁을 회전하는 시간의 수레바퀴에 이끼가 끼도록 사랑의 이별은 없는 것이다.

아니다 아니다. '참'보다도 참인 님의 사랑엔 죽음보다도 이별이 훨씬 위대하다.

죽음이 한 방울의 찬 이슬이라면 이별은 일천 줄기의 꽃비다.

죽음이 밝은 별이라면 이별은 거룩한 태양이다.

생명보다 사랑하는 애인을 사랑하기 위하여는 죽을 수가 없는 것이다.

진정한 사랑을 위하여는 괴롭게 사는 것이 죽음보다도 더 큰 희생이다.

이별은 사랑을 위하여 죽지 못하는 가장 큰 고통이요, 보은이다.

애인은 이별보다 애인의 죽음을 더 슬퍼하는 까닭이다.

사랑은 붉은 촛불이나 푸른 술에만 있는 것이 아니라 먼 마음을 서로 비치는 무형無形에도 있는 까닭이다.

그러므로 사랑하는 애인을 죽음에서 잊지 못하고 이별에서 생각하는 것이다.

그러므로 사랑하는 애인을 죽음에서 웃지 못하고 이별에서 우는 것이다.

그러므로 애인을 위하여는 이별의 원한을 죽음의 유쾌로 갚지 못하고 슬픔의 고통으로 참는 것이다.

그러므로 사랑은 차마 죽지 못하고 차마 이별하는 사랑보다 더 큰 사랑은 없는 것이다.

그리고 진정한 사랑은 곳이 없다.

진정한 사랑은 애인의 포옹만 사랑할 뿐 아니라 애인의 이별도 사랑하는 것이다.

그리고 진정한 사랑은 때가 없다.

진정한 사랑은 간단間斷이 없어서 이별은 애인의 육內뿐이요, 사랑은 무궁이다.

아아 진정한 애인을 사랑함에는 죽음의 칼을 주는 것이요, 이별은 꽃을 주는 것이다.

아아 이별의 눈물은 진이요, 선이요, 미다.

아아 이별의 눈물은 석가요, 모세요, 잔다르크다.

비

비는 가장 큰 권위를 가지고 가장 좋은 기회를 줍니다.

비는 해를 가리고 세상 사람의 눈을 가립니다.

그러나 비는 번개와 무지개를 가리지 않습니다.

나는 번개가 되어 무지개를 타고 당신에게 가서 사랑의 팔에 감기고자 합니다.

비 오는 날, 가만히 가서 당신의 침묵을 가져온대도 당신의 주인은 알 수가 없습니다.

만일 당신이 비 오는 날에 오신다면 나는 연잎으로 윗옷을 지어서 보내겠습니다.

당신 비 오는 날에 연잎 옷을 입고 오시면 이 세상에는 알 사람이 없습니다.

당신이 비 가운데로 가만히 오셔서 나의 눈물을 가져 가신대도 영원한 비밀이 될 것입니다.

비는 가장 큰 권위를 가지고 가장 좋은 기회를 줍니다.

참아 주셔요

나는 당신을 이별하지 아니할 수가 없습니다. 님이여, 나의
이별을 참아 주셔요.
당신은 고개를 넘어갈 때에 나를 돌아보지 마셔요. 나의 몸
은 한 작은 모래 속으로 들어가려 합니다.

님이여, 이별을 참을 수가 없거든 나의 죽음을 참아 주셔요.
나의 생명의 배는 부끄럼의 땀의 바다에서 스스로 폭침爆沈
하려 합니다. 님이여, 님의 입김으로 그것을 불어서 속히 잠
기게 하여 주셔요. 그러고 그것을 웃어 주셔요.

님이여, 나의 죽음을 참을 수가 없거든 나를 사랑하지 말아
주셔요. 그리하고 나로 하여금 당신을 사랑할 수 없도록 하
여 주셔요.
나의 몸은 터럭 하나도 빼지 아니한 채로 당신의 품에 사라
지겠습니다.

님이여, 당신과 내가 사랑의 속에서 하나가 되는 것을 참아 주셔요. 그리하여 당신은 나를 사랑하지 말고 나로 하여금 당신을 사랑할 수가 없도록 하여 주셔요. 오오 님이여.

정선사의 설법

나는 선사禪師의 설법을 들었습니다.

'너는 사랑의 쇠사슬에 묶여서 고통을 받지 말고 사랑의 줄을 끊어라. 그러면 너의 마음이 즐거우리라'고.

그 선사는 어지간히 어리석습니다.

사랑의 줄에 묶이운 것이 아프기는 아프지만 사랑의 줄을 끊으면 죽는 것보다도 더 아픈 줄을 모르는 말입니다.

사랑의 속박은 단단히 얽어매는 것이 풀어 주는 것입니다.

그러므로 대해탈大解脫은 속박에서 얻는 것입니다.

님이여, 나를 얽은 님의 사랑의 줄이 약할까봐서 나의 님을 사랑하는 줄을 곱들렸습니다.

———

정천한해情天恨海

가을 하늘이 높다기로
정情하늘을 따를소냐.
봄 바다가 깊다기로
한恨바다만 못하리라.

높고 높은 정 하늘이
싫은 것은 아니지만
손이 낮아서
오르지 못하고
깊고 깊은 한바다가
병될 것은 없지마는
다리가 짧아서
건너지 못한다.

손이 자라서 오를 수만 있으면
정하늘은 높을수록 아름답고

다리가 길어서 건널 수만 있으면
한바다는 깊을수록 묘하니라.
만일 정하늘이 무너지고 한바다가 마른다면
차라리 정천에 떨어지고 한해에 빠지리라.

아아 정하늘이 높은 줄만 알았더니
님의 이마보다는 낮다.
아아 한바다가 깊은 줄만 알았더니
님의 무릎보다는 얕다.

손이야 낮든지 다리야 짧든지
정하늘에 오르고 한바다를 건너려면
님에게만 안기리라.

그를 보내며

그는 간다. 그가 가고 싶어서 가는 것도 아니요, 내가 보내고 싶어서 보내는 것도 아니지만, 그는 간다.

그의 붉은 입술, 흰 이, 가는 눈썹이 어여쁜 줄만 알았더니 구름 같은 뒷머리, 실버들 같은 허리, 구슬 같은 발꿈치가 보다도 아름답습니다.

걸음이 걸음보다 멀어지더니 보이려다 말고 말려다 보인다. 사람이 멀어질수록 마음은 가까워지고 마음이 가까워질수록 사람은 멀어진다.

보이는 듯한 것이 그의 흔드는 수건인가 하였더니 갈매기보다 더 작은 조각 구름이 난다.

심은 버들

뜰 앞에 버들을 심어

님의 말을 매렸더니

님은 가실 때에

버들을 꺾어 말 채찍을 하였습니다.

버들마다 채찍이 되어서

님을 따르는 나의 말도 채칠까 하였더니

남은 가지 천만사千萬事는

해마다 해마다 보낸 한恨을 잡아맵니다.

후회

당신이 계실 때에 알뜰한 사랑을 못하였습니다.

사랑보다 믿음이 많고 즐거움보다 조심이 더하였습니다.

게다가 나의 성격이 냉담하고 더구나 가난에 쫓겨서 병들어

누운 당신에게 도리어 소활疎闊하였습니다.

그러므로 당신이 가신 뒤에 떠난 근심보다 뉘우치는 눈물이

많습니다.

거짓 이별

당신과 나와 이별한 때가 언제인지 아십니까.

가령 우리가 좋을 대로 말하는 것과 같이 거짓 이별이라 할지라도 나의 입술이 당신의 입술에 닿지 못하는 것은 사실입니다.

이 거짓 이별은 언제나 우리에게서 떠날 것인가요.

한 해 두 해 가는 것이 얼마 아니 된다고 할 수가 없습니다.

시들어가는 두 볼의 도화桃花가 무정한 봄바람에 몇 번이나 스쳐서 낙화가 될까요.

회색이 되어가는 두 귀 밑의 푸른 구름이 쪼이는 가을 볕에 얼마나 바래서 백설白雪이 될까요.

머리는 희어 가도 마음은 붉어 갑니다.

피는 식어 가도 눈물은 더워 갑니다.

사랑의 언덕엔 사태가 나도 희망의 바다엔 물결이 뛰놀아요.

이른바 거짓 이별이 언제든지 우리에게서 떠날 줄만은 알아요.

그러나 한 손으로 이별을 가지고 가는 날은 또 한 손으로 죽음을 가지고 와요.

계월향에게

계월향桂月香이여, 그대는 아리따움고 무서운 최후의 미소를 거두지 아니한 채로 대지의 침대에 잠들었습니다.
나는 그대의 다정을 슬퍼하고 그대의 무정을 사랑합니다.

대동강에 낚시질하는 사람은 그대의 노래를 듣고 모란봉에 밤놀이하는 사람은 그대의 얼굴을 봅니다.
아이들은 그대의 산 이름을 외우고 시인은 그대의 죽은 그림자를 노래합니다.

사람은 반드시 다하지 못한 한을 끼치고 가게 되는 것이다.
그대는 남은 한이 있는가 없는가, 있다면 그 한은 무엇인가.
그대는 하고 싶은 말을 하지 않습니다.

그대의 붉은 한은 현란한 저녁놀이 되어서 하늘길을 가로막고 황량한 떨어지는 날을 돌이키고자 합니다.

그대의 푸른 근심은 드리고 드린 버들실이 되어서 꽃다운 무리를 뒤에 두고 운명의 길을 떠나는 저문 봄을 잡아매려 합니다.

나는 황금의 소반에 아침 볕을 받치고 매화가지에 새봄을 걸어서 그대의 잠자는 곁에 가만히 놓아 드리겠습니다.
자 그러면 속하면 하룻밤, 더디면 한겨울, 사랑하는 계월향 이여.

고대苦待

당신은 나로 하여금 날마다 날마다 당신을 기다리게 합니다.
해가 저물어 산 그림자가 존 집을 덮을 때에 나는 기약 없는
기대를 가지고 마을 숲 밖에 가서 기다리고 있습니다.
소를 몰고 오는 아이들의 풀잎피리는 제 소리에 목마칩니다.
먼 나무로 돌아가는 새들은 저녁 연기에 헤엄칩니다.
숲들은 바람과의 유희를 그치고 잠잠히 섰습니다. 그것은
나에게 동정하는 표상입니다.
시내를 따라 굽이친 모랫길이 어둠의 품에 안겨서 잠들 때
에 나는 고요하고 아득한 하늘에 긴 한숨의 사라진 자취를
남기고 게으른 걸음으로 돌아옵니다.

당신은 나로 하여금 날마다 날마다 당신을 기다리게 합니다.
어둠의 입이 황혼의 엷은 빛을 삼킬 때에 나는 시름없이 문
밖에 서서 당신을 기다립니다.

다시 오는 별들은 고운 눈으로 반가운 표정을 빛내면서 머리를 조아 다투어 인사합니다.

풀 사이의 벌레들은 이상한 노래로 백주白晝의 모든 생명의 전쟁을 쉬게 하는 평화의 밤을 공양합니다.

네모진 작은 못의 연잎 위에 발자취 소리를 내는 실없는 바람이 나를 조롱할 때에 나는 아득한 생각이 날카로운 원망으로 화합니다.

당신은 나로 하여금 날마다 날마다 당신을 기다리게 합니다.

일정한 보조로 걸어가는 사정私情 없는 시간이 모든 희망을 채찍질하여 밤과 함께 몰아갈 때에 나는 쓸쓸한 잠자리에 누워서 당신을 기다립니다.

가슴 가운데 의 저기압은 인생의 해안에 폭풍우를 지어서, 삼천세계三千世界는 유실되었습니다.

벗을 잃고 견디지 못하는 가엾은 잔나비는 정情의 삼림에서 저의 숨에 질식되었습니다.

우주와 인생의 근본문제를 해결하는 대철학大哲學은 눈물의 삼매에 입정入定되었습니다.

'나의 기다림'은 나를 찾다가 못 찾고 저의 자신까지 잃어버렸습니다.

나의 꿈

당신이 맑은 새벽에 나무 그늘 사이에서 산보할 때에 나의 꿈은 작은 별이 되어서 당신의 머리 위에 지키고 있겠습니다.

당신의 여름날에 더위를 못 이기어 낮잠을 자거든 나의 꿈은 맑은 바람이 되어서 당신의 주위에 떠돌겠습니다.

당신의 고요한 가을밤에 그윽히 앉아서 글을 볼 때에 나의 꿈은 귀뚜라미가 되어서 책상 밑에서 '귀똘귀똘' 울겠습니다.

비방

세상은 비방도 많고 시기도 많습니다.

당신에게 비방과 시기가 있을지라도 관심치 마셔요.

비방을 좋아하는 사람들은 태양에 흑점이 있는 것도 다행으로 생각합니다.

당신에게 대하여는 비방할 것이 없는 그것을 비방할는지 모르겠습니다.

조는 사자를 죽은 양이라고 할지언정 당신이 시련을 받기 위하여 도적에게 포로가 되었다고 그것을 비겁이라고 할 수는 없습니다.

달빛을 갈꽃으로 알고 흰 모래 위에서 갈매기를 이웃하여 잠자는 기러기를 음란하다고 할지언정 정직한 당신이 교활한 유혹에 속혀서 청루靑樓에 들어갔다고 당신을 지조가 없다고 할 수는 없습니다.

당신에게 비방과 시기가 있을지라도 관심치 마셔요.

최초의 님

맨 첨에 만난 님과 님은 누구이며 어느 때인가요.

맨 첨에 이별한 님과 님은 누구이며 어느 때인가요.

맨 첨에 만난 님과 님이 맨 첨으로 이별하였습니까, 다른 님과 님이 맨 첨으로 이별하였습니까.

나는 맨 첨에 만난 님과 님이 맨 첨으로 이별한 줄로 압니다.

만나고 이별이 없는 것은 님이 아니라 나입니다.

이별하고 만나지 않는 것은 님이 아니라 길 가는 사람입니다.

우리들은 님에 대하여 만날 때에 이별을 염려하고 이별할 때에 만남을 기약합니다.

그것은 맨 첨에 만난 님과 님이 다시 이별한 유전성의 흔적입니다.

그러므로 만나지 않는 것도 님이 아니요, 이별이 없는 것도 님이 아닙니다.

님은 만날 때에 웃음을 주고 떠날 때에 눈물을 줍니다.

만날 때의 웃음보다 떠날 때의 눈물이 좋고 떠날 때의 눈물보다 다시 만나는 웃음이 좋습니다.

아아 님이여, 우리의 다시 만나는 웃음은 어느 때에 있습니까.

우는 때

꽃 핀 아침, 달 밝은 저녁, 비 오는 밤, 그때가 가장 님 그리운 때라고 남들은 말합니다.
나도 같은 고요한 때로는 그때에 많이 울었습니다.

그러나 나는 여러 사람이 모여서 말하고 노는 때에 더 울게 됩니다.
님 있는 여러 사람들은 나를 위로하여 좋은 말을 합니다마는 나는 그들의 위로하는 말을 조소로 듣습니다.
그때에는 울음을 삼켜서 눈물을 속으로 창자를 향하여 흘립니다.

눈물

내가 본 사람 가운데는 눈물을 진주라고 하는 사람처럼 미친 사람은 없습니다.

그 사람은 피를 홍보석紅寶石이라고 하는 사람보다도 더 미친 사람입니다.

그것은 연애에 실패하고 흑암黑闇의 기로에서 헤매는 늙은 처녀가 아니면 신경이 기형적으로 된 시인의 말입니다.

만일 눈물이 진주라면 님의 신물信物로 주신 반지를 내놓고는 세사의 진주라는 진주는 다 티끌 속에 묻어 버리겠습니다.

나는 눈물로 장식한 옥패를 보지 못하였습니다.

나는 평화의 잔치에 눈물의 술을 마시는 것을 보지 못하였습니다.

내가 본 사람 가운데는 눈물을 진주라고 하는 사람처럼 어리석은 사람은 없습니다.

아니어요. 님의 주신 눈물은 진주 눈물이어요.

나는 나의 그림자가 나의 몸을 떠날 때까지 님을 위하여 진주 눈물을 흘리겠습니다.

아아, 나는 날마다 날마다 눈물의 선경仙境에서 한숨의 옥적玉笛을 듣습니다.

나의 눈물은 백천百千 줄기라도 방울방울이 창조입니다.

눈물의 구슬이여, 한숨의 봄바람이여, 사랑의 성전을 장엄하는 무등등無等等의 보물이여.

아아, 언제나 공간과 시간을 눈물로 채워서 사랑의 세계를 완성할까요.

꿈이라면

사랑의 속박이 꿈이라면

출세出世의 해탈도 꿈입니다.

웃음과 눈물이 꿈이라면

무심無心의 광명도 꿈입니다.

일체만법一切萬法이 꿈이라면

사랑의 꿈에서 불멸不滅을 얻겠습니다.

인과율

당신은 옛 맹서를 깨치고 가십니다.

당신의 맹서는 얼마나 참되었습니까. 그 맹서를 깨치고 가는 이별은 믿을 수가 없습니다.

참 맹서를 깨치고 가는 이별은 옛 맹서로 돌아올 줄을 압니다. 그것은 엄숙한 인과율입니다.

나는 당신과 떠날 때에 입맞춘 입술이 마르기 전에 당신이 돌아와서 다시 입맞추기를 기다립니다.

그러나 당신의 가시는 것은 옛 맹서를 깨치려는 고의가 아닌 줄을 나는 압니다.

비겨 당신이 지금의 이별을 영원히 깨치지 않는다 하여도 당신의 최후의 접촉을 받은 나의 입술을 다른 남자의 입술에 대일 수는 없습니다.

만족

세상에 만족이 있느냐, 인생에게 만족이 있느냐.

있다면 나에게도 있으리라.

세상에 만족이 있기는 있지마는 사람의 앞에만 있다.

거리는 사람의 팔 길이와 같고 속력은 사람의 걸음과 비례가 된다.

만족은 잡을래야 잡을 수도 없고 버릴래야 버릴 수도 없다.

만족을 얻고 보면 얻은 것은 불만족이요, 만족은 의연히 앞에 있다.

만족은 우자愚者나 성자聖者의 주관적 소유가 아니면 약자의 기대뿐이다.

만족은 언제든지 인생과 수적평행竪的平行이다.

나는 차라리 발꿈치를 돌려서 만족의 묵은 자취를 밟을까 하노라.

아아 나는 만족을 얻었노라.

아지랑이 같은 꿈과 금金실 같은 환상이 님 계신 꽃동산에

둘릴 때에 아아 나는 만족을 얻었노라.

달을 보며

달은 밝고 당신이 하도 기루었습니다.

자던 옷을 고쳐 입고 뜰에 나와 퍼지르고 앉아서 달을 한참
보았습니다.

달은 차차차 당신의 얼굴이 되더니 넓은 이마, 둥근 코, 아
름다운 수염이 역력히 보입니다.

간 해에는 당신의 얼굴이 달로 보이더니 오늘 밤에는 달이
당신의 얼굴이 됩니다.

당신의 얼굴이 달이기에 나의 얼굴도 달이 되었습니다.

나의 얼굴은 그믐달이 된 줄을 당신이 아십니까.

아아, 당신의 얼굴이 달이기에 나의 얼굴도 달이 되었습니다.

떠날 때의 님의 얼굴

꽃은 떨어지는 향기가 아름답습니다.

해는 지는 빛이 곱습니다.

노래는 목마친 가락이 묘합니다.

님은 떠날 때의 얼굴이 더욱 어여쁩니다.

떠나신 뒤에 나의 환상의 눈에 비치는 님의 얼굴은 눈물이

없는 눈으로는 바라볼 수가 없을 만치 어여쁠 것입니다.

님의 떠날 때의 어여쁜 얼굴을 나의 눈에 새기겠습니다.

님의 얼굴은 나를 울리기에는 너무 야속한 듯하지마는 님을

사랑하기 위하여는 나의 마음을 즐거웁게 할 수가 없습니다.

만일 그 어여쁜 얼굴이 영원히 나의 눈을 떠난다면 그때의

슬픔은 우는 것보다도 아프겠습니다.

벗이여, 나의 벗이여, 애인의 무덤 위의 피어 있는 꽃처럼
나를 울리는 벗이여.

작은 새의 자취도 없는 사막의 밤에 문득 만난 님처럼 나를
기쁘게 하는 벗이여.

그대는 옛 무덤을 깨치고 하늘까지 사무치는 백골의 향기입
니다.

그대는 화환을 만들려고 떨어진 꽃을 줍다가 다른 가지에 걸
려서 주운 꽃을 헤치고 부르는 절망인 희망의 노래 입니다.

벗이여, 깨어진 사랑에 우는 벗이여.

눈물이 능히 떨어진 꽃을 옛 가지에 도로 피게 할 수는 없습
니다.

눈물을 떨어진 꽃에 뿌리지 말고 꽃나무 밑의 티끌에 뿌리
셔요.

벗이여, 나의 벗이여.

죽음의 향기가 아무리 좋다 하여도 백골의 입술에 입맞출 수는 없습니다.

그의 무덤을 황금의 노래로 그물치지 마셔요. 무덤 위에 피 묻은 깃대를 세우셔요.

그러나 죽은 대지가 시인의 노래를 거쳐서 움직이는 것을 봄바람은 말합니다.

벗이여, 부끄럽습니다. 나는 그대의 노래를 들을 때에 어떻게 부끄럽고 떨리는지 모르겠습니다.

그것은 내가 나의 님을 떠나서 홀로 그 노래를 듣는 까닭입니다.

당신의 마음

나는 당신의 눈썹이 검고 귀가 갸름한 것도 보았습니다.

그러나 당신의 마음을 보지 못하였습니다.

당신이 사과를 따서 나를 주려고 크고 붉은 사과를 따로 쌀 때에 당신의 마음이 그 사과 속으로 들어가는 것을 분명히 보았습니다.

나는 당신의 둥근 배와 잔나비 같은 허리를 보았습니다.

그러나 당신의 마음을 보지 못하였습니다.

당신이 나의 사진과 어떤 여자의 사진을 같이 들고 볼 때에 당신의 마음이 두 사진의 사이에서 초록빛이 되는 것을 분명히 보았습니다.

나는 당신의 발톱이 희고 발꿈치가 둥근 것도 보았습니다.

그러나 당신의 마음을 보지 못하였습니다.

당신이 떠나시려고 나의 큰 보석반지를 주머니에 넣으실 때

에 당신의 마음이 보석 반지 너머로 얼굴을 가리고 숨는 것을 분명히 보았습니다.

여름 밤이 길어요

당신이 계실 때에는 겨울 밤이 짧더니 당신이 가신 뒤에는 여름 밤이 길어요.

책력의 내용이 그릇되었나 하였더니 개똥불이 흐르고 벌레가 웁니다.

긴 밤은 어데서 오고 어데로 가는 줄을 분명히 알았습니다.

긴 밤은 근심 바다의 첫 물결에서 나와서 슬픈 음악이 되고 아득한 사막이 되더니 필경 절망의 성城 너머로 가서 악마의 웃음 속으로 들어갑니다.

그러나 당신이 오시면 나는 사랑의 칼을 가지고 긴 밤을 베어서 일천 도막을 내겠습니다.

당신이 계실 때는 겨울 밤이 짧더니 당신이 가신 뒤는 여름 밤이 길어요.

꽃싸움

당신은 두견화를 심으실 때에 '꽃이 피거든 꽃싸움하자'고 나에게 말하였습니다.

꽃은 피어서 시들어 가는데 당신은 옛 맹서를 잊으시고 아니 오십니까.

나는 한 손에 붉은 꽃수염을 가지고 한 손에 흰 꽃수염을 가지고 꽃싸움을 하여서 이기는 것은 당신이라 하고 지는 것은 내가 됩니다.

그러나 정말로 당신을 만나서 꽃싸움을 하게 되면 나는 붉은 꽃수염을 가지고 당신은 흰 꽃수염을 가지게 합니다.

그러면 당신은 나에게 번번이 지십니다.

그것은 내가 이기기를 좋아하는 것이 아니라 당신이 나에게 지기를 기뻐하는 까닭입니다.

번번이 이긴 나는 당신에게 우승의 상을 달라고 조르겠습니다.

그러면 당신은 빙긋이 웃으며 나의 뺨에 입맞추겠습니다.

꽃은 피어서 시들어 가는데 당신은 옛 맹서를 잊으시고 아

니 오십니까.

사랑하는 까닭

내가 당신을 사랑하는 것은 까닭이 없는 것이 아닙니다.
다른 사람들은 나의 홍안만을 사랑하지마는 당신은 나의 백
발도 사랑하는 까닭입니다.

내가 당신을 기루어하는 것은 까닭이 없는 것이 아닙니다.
다른 사람들은 나의 미소만을 사랑하지마는 당신은 나의 눈
물도 사랑하는 까닭입니다.

내가 당신을 기다리는 것은 까닭이 없는 것이 아닙니다.

다른 사람들은 나의 건강만을 사랑하지마는 당신은 나의 죽음도 사랑하는 까닭입니다.

반비례

당신의 소리는 '침묵'인가요.

당신이 노래를 부르지 아니하는 때에 당신의 노랫가락은 역력히 들립니다그려.

당신의 소리는 침묵이어요.

당신의 얼굴은 '흑암黑闇'인가요.

내가 눈을 감은 때에 당신의 얼굴은 분명히 보입니다그려.

당신의 얼굴은 흑암이어요.

당신의 그림자는 '광명'인가요.

당신의 그림자는 달이 넘어간 뒤에 어두운 창에 비칩니다그려.

당신의 그림자는 광명이어요.

수繡의 비밀

나는 당신의 옷을 다시 지어 놓았습니다.

심의도 짓고 도포도 짓고, 자리옷도 지었습니다.

짓지 아니 한 것은 작은 주머니에 수놓는 것뿐입니다.

그 주머니는 나의 손때가 많이 묻었습니다.

짓다가 놓아두고 짓다가 놓아두고 한 까닭입니다.

다른 사람들은 나의 바느질 솜씨가 없는 줄로 알지마는 그
러한 비밀은 나밖에는 아는 사람이 없습니다.

나의 마음이 아프고 쓰린 때에 주머니에 수를 놓으려면 나
의 마음은 수놓는 금실을 따라서 바늘구멍으로 들어가고 주
머니 속에서 맑은 노래가 나와서 나의 마음이 됩니다.

그리고 아직 이 세상에는 그 주머니에 넣을 만한 무슨 보물
이 없습니다.

이 작은 주머니는 짓기 싫어서 짓지 못하는 것이 아니라 짓
고 싶어서 다 짓지 않는 것입니다.

거문고 탈 때

달 아래에서 거문고를 타기는 근심을 잊을까 함이러니, 춤 곡조가 끝나기 전에 눈물이 앞을 가려서 밤은 바다가 되고 거문고 줄은 무지개가 됩니다.

거문고 소리가 높았다가 가늘고 가늘다가 높을 때에 당신은 거문고 줄에서 그네를 뜁니다.

마지막 소리가 바람을 따라서 느티나무 그늘로 사라질 때에 당신은 나를 힘없이 보면서 아득한 눈을 감습니다.

아아, 당신은 사라지는 거문고 소리를 따라서 아득한 눈을 감습니다.

쾌락

님이여, 당신은 나를 당신 계신 때처럼 잘 있는 줄로 아십니까.
그러면 당신은 나를 아신다고 할 수가 없습니다

당신이 나를 두고 멀리 가신 뒤로는 나는 기쁨이라고는 달
도 없는 가을 하늘에 외기러기의 발자취만치도 없습니다.

거울을 볼 때에 절로 오던 웃음도 오지 않습니다.
꽃나무를 심고 물 주고 북돋우던 일도 아니합니다.
고요한 달 그림자가 소리없이 걸어와서 엷은 창에 소근거리
는 소리도 듣기 싫습니다.
가물고 더운 여름 하늘에 소낙비가 지나간 뒤에 산모롱이의
작은 숲에서 나는 서늘한 맛도 달지 않습니다.
동무도 없고 노리개도 없습니다.

나는 당신 가신 뒤에 이 세상에서 얻기 어려운 쾌락이 있습
니다.

그것은 다른 것이 아니라 이따금 실컷 우는 것입니다.

'사랑'을 사랑하여요

당신의 얼굴은 봄 하늘의 고요한 별이어요.

그러나 찢어진 구름 사이로 돋아오는 반달 같은 얼굴이 없
는 것이 아닙니다.

만일 어여쁜 얼굴만을 사랑한다면 왜 나의 베갯모에 달을
수놓지 않고 별을 수놓아요.

당신의 마음은 티없는 숫옥玉이어요. 그러나 곱기도 밝기도
굳기도 보석 같은 마음이 없는 것이 아닙니다.

만일 아름다운 마음만을 사랑한다면 왜 나의 반지를 보석으로 아니하고 옥으로 만들어요.

당신의 시詩는 봄비에 새로 눈트는 금결 같은 버들이어요.
그러나 기름 같은 바다에 피어오르는 백합꽃 같은 시가 없는 것이 아닙니다.
만일 좋은 문장만을 사랑한다면 왜 내가 꽃을 노래하지 않고 버들을 찬미하여요.

온 세상 사람이 나를 사랑하지 아니할 때에 당신만이 나를 사랑하였습니다.
나는 당신의 '사랑'을 사랑하여요.

요술

가을 홍수가 작은 시내의 쌓인 낙엽을 휩쓸어가듯이 당신은 나의 환락의 마음을 빼앗아 갔습니다. 나에게 남은 마음은 고통뿐입니다.

그러나 나는 당신을 원망할 수는 없습니다. 당신이 가기 전에 나의 고통의 마음을 빼앗아 간 까닭입니다.

만일 당신이 환락의 마음과 고통의 마음을 동시에 빼앗아간다 하면 나에게는 아무 마음도 없겠습니다.

나는 하늘의 별이 되어서 구름의 면사面紗로 낯을 가리고 숨어 있겠습니다.

나는 바다의 진주가 되었다가 당신의 구두에 단추가 되겠습니다.

당신이 만일 별과 진주를 따서 게다가 마음을 넣어 다시 당신의 님을 만든다면 그때에는 환락의 마음을 넣어 주셔요.

부득이 고통의 마음도 넣어야 하겠거든 당신의 고통을 빼었다가 넣어 주셔요.

그리고 마음을 빼앗아 가는 요술은 나에게는 가르쳐 주지
마셔요.

그러면 지금의 이별이 사랑의 최후는 아닙니다.

명상

아득한 명상의 작은 배는 가이없이 출렁거리는 달빛의 물결에 표류되어 멀고 먼 별나라를 넘고 또 넘어서 이름도 모르는 나라에 이르렀습니다.

이 나라에는 어린아기의 미소와 봄 아침과 바다 소리가 합하여 사람이 되었습니다.

이 나라 사람은 옥새(玉璽)의 귀한 줄도 모르고 황금을 밟고 다니고 미인의 청춘을 사랑할 줄도 모릅니다.

이 나라 사람은 웃음을 좋아하고 푸른 하늘을 좋아합니다.

명상의 배를 이 나라의 궁전에 매었더니 이 나라 사람들은 나의 손을 잡고 같이 살자고 합니다.

그러나 나는 님이 오시면 그의 가슴에 천국을 꾸미려고 돌아왔습니다.

달빛의 물결은 흰 구슬을 머리에 이고 춤추는 어린 풀의 장단을 맞추어 우쭐거립니다.

당신 가신 때

당신이 가실 때에 나는 다른 시골에 병들어 누워서 이별의 키쓰도 못하였습니다.

그때는 가을 바람이 첨으로 나서 단풍이 한 가지에 두서너 잎이 붉었습니다.

나는 영원히 시간에서 당신 가신 때를 끊어내겠습니다. 그러면 시간은 두 도막이 납니다.

시간의 한끝은 당신이 가지고 한끝은 내가 가졌다가 당신의 손과 나의 손과 마주잡을 때에 가만히 이어 놓겠습니다.

그러면 붓대를 잡고 남의 불행한 일만을 쓰려고 기다리는 사람들도 당신의 가신 때는 쓰지 못할 것입니다.

나는 영원의 시간에서 당신 가신 때를 끊어내겠습니다.

생의 예술

모르는 결에 쉬어지는 한숨은 봄바람이 되어서 야윈 얼굴을
비치는 거울에 이슬꽃을 핍니다.

나의 주위에는 화기和氣라고는 한숨의 봄바람밖에는 아무것
도 없습니다.

하염없이 흐르는 눈물은 수정이 되어서 깨끗한 슬픔의 성경
聖境을 비춥니다.

나는 눈물의 수정이 아니면 이 세상이 보물이라고는 하나도
없습니다.

한숨의 봄바람과 눈물의 수정은 떠난 님을 그리워하는 정의
추수입니다.

저리고 쓰린 슬픔은 힘이 되고 열이 되어서 어린 양과 같은
작은 목숨을 살아 움직이게 합니다.

님이 주시는 한숨과 눈물은 아름다운 생의 예술입니다.

사랑의 끝판

네 네 가요, 지금 곧 가요.

에그 등불을 켜려다가 초를 거꾸로 꽂았습니다그려. 저를
어쩌나 저 사람들이 흉보겠네.

님이여, 나는 이렇게 바쁩니다. 님은 나를 게으르다고 꾸짖습
니다. 에그 저것 좀 보아, '바쁜 것이 게으른 것이다' 하시네.

내가 님의 꾸지람을 듣기로 무엇이 싫겠습니까. 다만 님의
거문고 줄이 완급을 잃을까 저어합니다.

님이여, 하늘도 없는 바다를 거쳐서 느릅나무 그늘을 지어
버리는 것은 달빛이 아니라 새는 빛입니다.

홰를 탄 닭은 날개를 움직입니다.

마구에 매인 말은 굽을 칩니다.

네 네 가요, 이제 곧 가요.

두견새

두견새는 실컷 운다.

울다가 못다 울면

피를 흘려 운다.

이별한 한이야 너뿐이랴마는

울래야 울지도 못하는 나는

두견새 못 된 한을 또다시 어찌하리.

야속한 두견새는

돌아갈 곳도 없는 나를 보고도

'불여귀 불여귀不如歸'

참말인가요

그것이 참말인가요. 님이여, 속임없이 말씀하여 주셔요.

당신을 나에게서 빼앗아 간 사람들이 당신을 보고 '그대는 님이 없다'고 하였다지요.

그래서 당신은 남 모르는 곳에서 울다가 남이 보면 울음을 웃음으로 변한다지요.

사람의 우는 것은 견딜 수가 없는 것인데 울기조차 마음대로 못하고 웃음으로 변하는 것은 죽음의 맛보다도 더 쓴 것입니다.

그러면 나는 그것을 변명하지 않고는 견딜 수가 없습니다.

나의 생명의 꽃 가지를 있는 대로 꺾어서 화환을 만들어 당신의 몸에 걸고 '이것이 님의 님이라'고 소리쳐 말하겠습니다.

그것이 참말인가요, 님이여, 속임없이 말씀하여 주셔요.

당신을 나에게서 빼앗아 간 사람들이 당신을 보고 '그대의 님은 우리가 구하여 준다'고 하였다지요.

그래서 당신은 '독신생활을 하겠다'고 하였다지요.

그러면 나는 그들에게 분풀이를 하지 않고는 견딜 수가 없습니다.

많지 않은 나의 피를 더운 눈물에 섞어서 피에 목마른 그들의 칼에 뿌리고 '이것이 님의 님이라'고 울음 섞어서 말하겠습니다.

잠꼬대

'사랑이라는 것은 다 무엇이냐, 진정한 사람에게는 눈물도 없고 웃음도 없는 것이다.

사랑의 뒤웅박을 발길로 차서 깨뜨려 버리고 눈물과 웃음을 티끌 속에 합장(合葬)을 하여라.

이지와 감정을 두드려 깨쳐서 가루를 만들어 버려라.

그러고 허무의 절정에 올라가서 어지럽게 춤추고 미치게 노래하여라.

그러고 애인과 악마를 똑같이 술을 먹여라.

그러고 천치가 되든지 미치광이가 되든지 산 송장이 되든지 하여 버려라.

그래 너는 죽어도 사랑이라는 것은 버릴 수가 없단 말이냐.

그렇거든 사랑의 꽁무니에 도롱태를 달아라.

그래서 네 멋대로 끌고 돌아다니다가 쉬고 싶으거든 쉬고 자고 싶으거든 자고 살고 싶으거든 살고 죽고 싶으거든 죽어라.

사랑의 발바닥에 말목을 쳐놓고 붙들고 서서 엉엉 우는 것은 우스운 일이다.

이 세상에는 이마빡에다 '님'이라고 새기고 다니는 사람은 하나도 없다.

연애는 절대자유요, 정조는 유동流動이요, 결혼식장은 임간林間이다.'

나는 잠결에 큰소리로 이렇게 부르짖었다.

아아 혹성惑星같이 빛나는 님의 미소는 흑암黑闇의 광선에서 채 사라지지 아니하였습니다.

잠의 나라에서 몸부림치던 사랑의 눈물은 어느덧 베개를 적셨습니다.

용서하셔요, 님이여. 아무리 잠이 지은 허물이라도 님이 벌을 주신다면 그 벌을 잠을 주기는 싫습니다.

어데라도

아침에 일어나서 세수하려고 대야에 물을 떠다 놓으면 당신은 대야 안의 가는 물결이 되어서 나의 얼굴 그림자를 불쌍한 아기처럼 얼러 줍니다.

근심을 잊을까 하고 꽃동산에 거닐 때에 당신은 꽃 사이를 스쳐오는 봄바람이 되어서 시름없는 나의 마음에 꽃향기를 묻혀 주고 갑니다.

당신을 기다리다 못하여 잠자리에 누웠더니 당신은 고요한 어둔 빛이 되어서 나의 잔 부끄럼을 살뜰히도 덮어줍니다.

어데라도 눈에 보이는 데마다 당신이 계시기에 눈을 감고 구름 위와 바다 밑을 찾아보았습니다.

당신은 미소가 되어서 나의 마음에 숨었다가 나의 감은 눈에 입맞추고 '네가 나를 보느냐'고 조롱합니다.

오셔요

오셔요, 당신은 오실 때가 되었어요, 어서 오셔요.

당신은 당신의 오실 때가 언제인지 아십니까, 당신의 오실 때는 나의 기다리는 때입니다.

당신은 나의 꽃밭으로 오셔요, 나의 꽃밭에는 꽃들이 피어 있습니다.

만일 당신을 쫓아오는 사람이 있으면 당신은 꽃 속으로 들어가서 숨으십시오.

나는 나비가 되어서 당신 숨은 꽃 위에 가서 앉겠습니다.

그러면 쫓아오는 사람이 당신을 찾을 수는 없습니다.

오셔요, 당신은 오실 때가 되었습니다. 어서 오셔요.

당신은 나의 품으로 오셔요, 나의 품에는 보드러운 가슴이 있습니다.

만일 당신을 쫓아오는 사람이 있으면 당신은 머리를 숙여서 나의 가슴에 대십시오.

나의 가슴은 당신이 만질 때에는 물같이 보드러웁지마는 당신의 위험을 위하여는 황금의 칼도 되고 강철의 방패도 됩니다.

나의 가슴은 말굽에 밟힌 낙화落花가 될지언정 당신의 머리가 나의 가슴에서 떨어질 수는 없습니다.

오셔요, 당신은 오실 때가 되었습니다. 어서 오셔요.

당신은 나의 죽음 속으로 오셔요. 죽음은 당신을 위하여의 준비가 언제든지 되어 있습니다.

만일 당신을 쫓아오는 사람이 있으면 당신은 나의 죽음의 뒤에 서십시오.

죽음은 허무와 만능이 하나입니다.

죽음의 사랑은 무한인 동시에 무궁입니다.

죽음의 앞에는 군함과 포대가 티끌이 됩니다.

죽음의 앞에는 강자와 약자가 벗이 됩니다.

그러면 쫓아오는 사람이 당신을 잡을 수는 없습니다.

오셔요, 당신은 오실 때가 되었습니다. 어서 오셔요.

낙원은 가시덤불에서

죽은 줄 알았던 매화나무 가지에 구슬 같은 꽃방울을 맺혀 주는 쇠잔한 눈 위에 가만히 오는 봄 기운은 아름답기도 합니다.

그러나 그 밖에 다른 하늘에서 오는 알 수 없는 향기는 모든 꽃의 죽음을 가지고 다니는 쇠잔한 눈이 주는 줄을 아십니까.

구름은 가늘고 시냇물은 얕고 가을 산은 비었는데 파리한 바위 사이에 실컷 붉은 단풍은 곱기도 합니다.

그러나 단풍은 노래도 부르고 울음도 웁니다. 그러한 '자연의 인생'은 가을 바람의 꿈을 따라 사라지고 기억에만 남아 있는 지난 여름의 무르녹은 녹음이 주는 줄을 아십니까.

일경초一莖草가 장륙금신丈六金身이 되고 장륙금신이 일경초가 됩니다.

천지는 한 보금자리요, 만유萬有는 같은 소도小島입니다.

162

나는 자연의 거울에 인생을 비춰 보았습니다.

고통의 가시덤불 뒤에 환희의 낙원을 건설하기 위하여 님을 떠난 나는 아아 행복입니다.

당신의 편지

당신의 편지가 왔다기에 꽃밭 매던 호미를 놓고 떼어 보았
습니다.

그 편지는 글씨는 가늘고 글줄은 많으나 사연은 간단합니다.

만일 님이 쓰신 편지이면 글은 짧을지라도 사연은 길 터인데.

당신의 편지가 왔다기에 바느질 그릇을 치워 놓고 떼어 보았
습니다.

그 편지는 나에게 잘 있느냐고만 묻고 언제 오신다는 말은
조금도 없습니다.

만일 님이 쓰신 편지이면 나의 일은 묻지 않더라도 언제 오신다는 말을 먼저 썼을 터인데.

당신의 편지가 왔다기에 약을 달이다 말고 떼어 보았습니다.

그 편지는 당신의 주소는 다른 나라의 군함입니다.

만일 님이 쓰신 편지이면 남의 군함에 있는 것이 사실이라 할지라도 편지에는 군함에서 떠났다고 하였을 터인데.

Part 2

만해의 채근담

부유함과 귀함을 하찮게 여길 수도 있지만

부유함과 귀함을 하찮게 여기는 마음은 결코 하찮지 않다.

명예와 의리를 소중하게 생각할 수도 있지만

명예와 의리를 소중하게 생각하는 마음을 대단한 것으로 뻐긴다면

이는 세속의 먼지를 덜지 못한 것이며 마음속 사사로운 어리석음을 덜어내지 못한 것이다.

그것들을 제대로 뽑아 깨끗하지 못하면

돌은 치웠으나 잡풀들은 다시 사랑날 것이니, 이를 두려워하게 되는 것이다.

능 경 부 귀　불 능 경 일 경 부 귀 지 심
能輕富貴 不能輕一輕富貴之心
능 중 명 의　우 부 중 일 명 명 의 지 념
能重名義 又復重一重名義之念
시 사 경 지 진 분 미 소　이 심 경 지 개 대 미 망
是事境之塵氛未掃 而心境之芥蒂未忘
차 처 발 제 부 정　공 석 거 이 초 부 생 의
此處拔除不淨 恐石去而草復生矣

큰 바다와 긴 강은 모든 것을 받아들인다

내가 정말 너른 도가니와 큰 풀무가 된다면

어찌 단단한 금이나 두터운 쇠를 녹이지 못할까 걱정할 것이며

내가 정말 큰 바다와 긴 강이 된다면

어찌 물이 옆으로 흐르거나 더럽혀지는 것을

받아들일 수 없다고 걱정할 것인가.

이 과 위 홍 로 대 야　하 환 완 금 둔 철 지 불 가 도 용
我果爲洪爐大冶 何患頑金鈍鐵之不可陶鎔
아 과 위 거 해 장 강　하 환 횡 류 오 독 지 불 능 용 납
我果爲巨海長江 何患橫流汚瀆之不能容納

재물을 축적하는 마음으로 학문을 쌓아라

재물을 쌓아두는 마음으로 학문을 쌓고

공명功名을 구하려는 생각으로 도와 덕을 추구하고

처자를 사랑하는 마음으로 부모를 사랑하고

벼슬을 보존하는 방법으로 나라를 보존할 것이다.

여기에 나오고 저기에 들어가는 것은 다만 머리카락 한 올

의 차이지만

범인凡人을 넘어서서 성인聖人의 경지에 들어가는 인품이란

천양지차天壤之差다.

그러니 사람이 어찌 이것을 열심히 깨닫지 않을 것인가.

以積貨財之心 積學問 以求功名之念 求道德
以愛妻子之心 愛父母 以保爵位之策 保國家

스스로 깨달아야 한다

사리事理를 남의 말에 의하여 깨닫는 자는

깨달음이 있어도 도리어 흐려져서

자기 스스로 깨달아 아는 것보다 못하다.

뜻을 밖으로부터 얻는 자는

얻는 것이 있어도 도리어 잃기가 쉬우니

모든 것을 스스로 얻어 충분히 아는 것만 못하다.

사리 인 인 언 이 오 자   유 오 환 유 미   총 불 여 자 오 지 요 료
事理因人言而悟者 有悟還有迷 總不如自悟之了了
의 흥 종 외 경 이 득 자   유 득 환 유 실   총 불 여 자 득 지 휴 휴
意興從外境而得者 有得還有失 總不如自得之休休

처음이 중요하다

욕심이 처음 생겨나는 곳을 잘라 없애면

새로 나오는 풀을 뽑아내듯 그 공부가 매우 쉬울 것이다.

하늘의 이치도 처음 깨달았을 때 얻어서 마음에 채우면

문득 먼지 낀 거울을 다시 닦는 듯 광채가 다시 새로워질 것

이다.

인 욕 종 초　기 처 전 제　편 사 신 추 거 참　기 공 부 극 이
人欲從初 起處翦除 便似新蒭遽斬 其工夫極易
천 리 자 사 명 시 충 적　편 여 진 경 부 마　기 광 채 갱 신
天理自乍明時充拓 便如塵鏡復磨 其光彩更新

하늘은 복을 내릴 때
먼저 화를 주어 경계하게 한다

하늘이 사람에게 화를 내릴 때

반드시 먼저 조그만 복을 주어 마음을 교만하게 한다.

그러므로 복이 찾아왔을 때 반드시 기뻐하지 말고

그 복을 헤아려 순종하도록 한다.

하늘이 복을 내릴 때

반드시 먼저 작은 화를 주어 경계하게 한다.

그러므로 화가 온다고 슬퍼할 것이 아니라

그 화를 살펴 자신을 구제할 마음을 가져야 한다.

천 욕 화 인　필 선 이 미 복 교 지
天欲禍人　必先以微福驕之
소 이 복 래　불 필 희　요 간 타 회 수
所以福來　不必喜　要看他會受
천 욕 복 인　필 선 이 미 화 경 지
天欲福人　必先以微禍儆之
소 이 화 래　물 필 우　요 간 타 회 구
所以禍來　不必憂　要看他會救

바쁜 가운데에서도 한가함을 잃지 말고
모자라는 곳에서도 만족할 줄 알아야 한다

천지도 항상 쉬는 법이 없고

일월도 차고 기울기를 계속한다.

하물며 구구한 인간 세상에서

일마다 원만하고 때마다 편안할 수 있겠는가?

다만 바쁜 가운데에도 한가함을 얻고

모자라는 곳에서도 족함을 알면

곧 자유로움이 나에게 달려있고

일하고 쉬는 것이 맘대로 되어

조물주도 나와 더불어 노고와 안일을 따지지 못하고

차고 기우는 것을 비교하지 못할 것이다.

천 지 상 무 정 식　일 월 차 유 영 휴
天地尚無停息 日月且有盈虧
황 구 구 인 세　능 사 사 원 만　이 시 시 가 일 호
況區區人世 能事事圓滿 而時時暇逸乎
지 시 향 망 리 투 한　우 결 처 지 족
只是向忙裡偸閒 遇缺處知足
즉 조 종 재 아　작 식 지 여
則操縱在我 作息自如
즉 조 물 부 득 여 지 론 노 일　교 휴 영 의
卽造物不得與之論勞逸 較虧盈矣

덕이 높은 사람은 평범하다

독한 술, 기름진 고기, 맵고 단 맛은 참맛이 아니다.

참맛은 오직 담백할 뿐이다.

신통하고 기이하며 탁월하고 이상한 사람이 덕이 높은 것이

아니다. 덕이 높은 사람은 평범하다.

농 비 신 감 비 진 미　진 미 지 시 담
醲肥辛甘非眞味　眞味只是淡
신 기 탁 이 비 지 인　지 인 지 시 상
神奇卓異非至人　至人只是常

남의 잘못을 나무랄 때 너무 엄격하게 하지마라.

상대가 받아들일 수 있을 정도를 생각해라.

선한 일을 하도록 가르칠 때는 지나치게 고상한 것을 요구

하지 마라. 오직 상대가 따를 수 있을 만큼만 하라.

공 인 지 악　무 태 엄　요 사 기 감 수
攻人之惡　無太嚴　要思其堪受
교 인 이 선　무 과 고　당 사 기 기 종
教人以善　毋過高　當使其可從

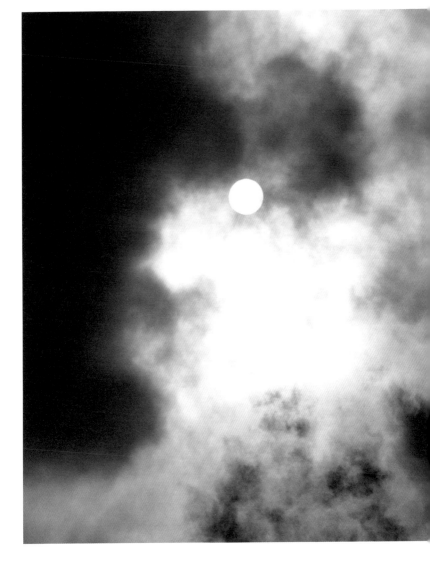

더러운 곳에서 깨끗한 것이 나오고
어두운 곳에서 밝은 것이 생긴다

구데기는 아주 더럽지만 매미로 변하면 가을바람에 이슬을
마시며 산다.

썩은 풀은 빛이 나지 않지만 반딧불이로 변하면 여름 밤에
광채를 내뿜는다.

그러므로 깨끗한 것은 더러운 곳에서 나오고

밝은 것은 어두운 곳에서 생긴다는 것을 알아야 한다.

분 충 지 예　변 위 선　이 음 로 어 추 풍
糞蟲至穢　變爲蟬　而飮露於秋風
부 초 무 광　화 위 형　이 요 채 어 하 월
腐草無光　化爲螢　而燿采於夏月
고 지 결 상　자 오 출　명 매 종 암 생 야
故知潔常　自汚出　明每從暗生也

183

대세에 따르면서도
그것을 올바르게 바꾸는 것

시간의 흐름에 순종하면서도 그 시간을 올바르게 바꾸는 것은
마치 산뜻하고 부드러운 바람이 뜨거운 더위를 몰아내는 것
과 같다.

속세의 한복판에 섞여있으면서도 속세를 벗어나 바르게 사
는 것은

마치 있는 듯 없는 듯한 담담한 달빛이 흐르는 구름을 밝게
비추는 것과 같다.

수 시 지 내 선 구 시　약 화 풍 지 소 혹 서
隋時之內善救時　若和風之消酷暑
혼 속 지 중 능 탈 속　사 담 월 지 영 경 운
混俗之中能脫俗　似淡月之映輕雲

잘나갈 때 빠지는 함정은
어려울 때 빠지는 함정보다 피하기 어렵다

나의 원수가 쏘는 화살은 차라리 피하기 쉬우나

나에게 은혜를 베푼 사람이 찌르는 창은 막기 어렵다.

내가 어려울 때 빠져든 함정은 차라리 피하기 쉬우나

내가 잘나갈 때 빠져든 함정은 벗어나기 어렵다.

구 변 지 노 이 피   은 리 지 과 난 방
仇邊之勞易避 恩裏之戈難防
고 시 지 감 이 도   낙 처 지 정 난 탈
苦時之坎易逃 樂處之阱難脫

돈이 있고 높은 자리에 있을 때는

가난하고 낮은 자리에 있을 때의 고통을 생각하라

돈이 있고 높은 자리에 있을 때에는

가난하고 낮은 자리에 있을 때의 괴로움을 생각해야 한다.

젊고 힘이 넘치는 시절에는 늙고 힘 없을 때의

외로운 고단함을 생각하며 준비해야 한다.

처 부 귀 지 지　요 지 빈 천 적 통 양
處富貴之地 要知貧賤的痛瘡
당 소 장 지 시　수 념 쇠 로 적 신 산
當少壯之時 須念衰老的辛酸

Part 3

조선 독립의 서序

자유는 만물의 생명이요, 평화는 인생의 행복이다. 그러므로 자유가 없는 사람은 죽은 시체와 같고 평화를 잃은 자는 가장 큰 고통을 겪는 사람이다. 압박을 당하는 사람의 주위는 무덤으로 바뀌는 것이며 쟁탈을 일삼는 자의 주위는 지옥이 되는 것이니, 세상의 가장 이상적인 행복의 바탕은 자유와 평화에 있는 것이다.

그러므로 자유를 얻기 위해서는 생명을 터럭처럼 여기고 평화를 지키기 위해서는 희생을 달게 받는 것이다. 이것은 인생의 권리인 동시에 또한 의무이기도 하다. 그러나 참된 자유는 남의 자유를 침해하지 않음을 한계로 삼는 것으로서 약탈적 자유는 평화를 깨뜨리는 야만적 자유가 되는 것이다. 또한 평화의 정신은 평등에 있으므로 평등은 자유의 상대가 된다. 따라서 위압적인 평화는 굴욕이 될 뿐이니 참된 자유는 반드시 평화를 동반하고, 참된 평화는 반드시 자유를 함께 해야 한다. 실로 자유와 평화는 전 인류의 요구라

할 것이다.

그러나 인류의 지식은 점차적으로 발전하는 것이다. 역사는 인류가 몽매한 데서부터 문명으로, 쟁탈에서부터 평화로 발전하고 있음을 사실로써 증명하고 있다. 인류 진화의 범위는 개인적인 데로부터 가족, 가족적인 데로부터 부락, 부락적인 것으로부터 국가, 국가적인 것에서 세계, 다시 세계적인 것에서 우주주의로 진보하는 것인데, 여기서 부락주의 이전은 몽매한 시대의 티끌에 불과하니 고개를 돌려 감회를 느끼는 외에 별로 논술할 필요가 없는 것이다.

다행인지 불행인지 18세기 이후의 국가주의는 전 세계를 휩쓸고 있다. 이 소용돌이 속에서 제국주의가 대두되고 그 수단인 군국주의를 낳음에 이르러서는, 이른바 우승열패優勝劣敗·약육강식의 이론이 만고불변의 진리로 인식되기에 이르렀다. 그리하여 국가 간 또는 민족 간에 죽이고 약탈하는 전쟁이 그칠 날이 없어, 몇 천 년의 역사를 가진 나라가 잿더미가 되고 수십만의 생명이 희생당하는 사건이 이 세상에서 안 일어나는 곳이 없을 지경이다. 그 대표적인 군국주의 국가가 서양의 독일이요, 동양의 일본이다.

이른바 강대국 즉, 침략국은 군함과 총포만 많으면 스스로의 야심과 욕망을 충족시키기 위하여 도의를 무시하고 정의를 짓밟는 쟁탈을 행한다. 그러면서도 그 이유를 설명할 때에는 세계 또는 어떤 지역의 평화를 위한다거나 쟁탈의 목적물 즉 침략을 받는 자의 행복을 위한다거나 하는 기만적인 헛소리로써 정의의 천사국으로 자처한다. 예를 들면 일본이 폭력으로 조선을 합병하고 2천만 민중을 노예로 취급하면서도, 겉으로는 조선을 병합함이 동양평화를 위함이요, 조선 민족의 안녕과 행복을 위한다고 하는 것이 그것이다.

약자는 본래부터 약자가 아니요, 강자 또한 언제까지나 강자일 수 없는 것이다. 갑자기 천하의 운수가 바뀔 때에는 침략전쟁의 뒤꿈치를 물고 복수를 위한 전쟁이 일어나는 것이니, 침략은 반드시 전쟁을 유발하는 것이다. 그러므로 어찌 평화를 위한 전쟁이 있겠으며, 또 어찌 자기 나라의 수천 년 역사가 외국의 침략에 의해 끊기고 몇 백, 몇 천만의 민족이 이민족의 학대 아래서 노예가 되고 소와 말이 되면서 이를 행복으로 여길 자가 있겠는가.

어느 민족을 막론하고 문명 정도의 차이는 있을지언정 피가

없는 민족은 없는 법이다. 이렇게 피를 가진 민족으로서 어찌 영구히 남의 노예가 됨을 달게 받겠으며, 나아가 독립자존을 도모하지 않겠는가. 그러므로 군국주의, 즉 침략주의는 인류의 행복을 희생시키는 가장 흉악한 마술에 지나지 않는다. 어찌 이 같은 군국주의가 무궁한 생명을 유지할 수 있겠는가. 이론보다 사실이 그렇다. 칼이 어찌 만능이며, 힘을 어떻게 승리라 하겠는가 정의가 있고 도의가 있지 않는가.

침략만을 일삼는 극악무도한 군국주의는 독일로 그 막을 내리지 않았는가. 귀신이 곡하고 하늘이 슬퍼할 유럽 전쟁은 대략 1천만의 사상자를 내고, 몇 억의 돈을 허비한 뒤 정의와 인도를 표방하는 기치 아래 강화조약을 성립하게 되었다. 그러나 군국주의의 종말은 실로 그 빛깔이 찬란하기 그지없었다.

전 세계를 유린하려는 욕망을 채우기 위하여 고심초사 20년 간에 수백만의 청년을 수백 마일의 싸움터에 배치하고 장갑차와 비행기와 군함을 몰아 좌충우돌, 동쪽을 찌르고 서쪽을 쳐 싸움을 시작한 지 3개월 만에 파리를 함락한다고 스스로 외치던 카이제르의 호언은 한때 장엄함을 보였었다. 그러나 이것은 군국주의의 결별을 뜻하는 종곡終曲에 지나지 않았다.

이상과 호언장담뿐 아니라 독일의 작전 계획도 실로 탁월하였다. 휴전 회담을 하던 날까지 연합국 측의 군대는 독일 국경을 한 발자국도 넘지 못하였으니 비행기는 하늘에서 잠수함은 바다에서 대포는 육지에서 각각 그 위력을 발휘하여 싸움터에서 찬란한 빛을 발하였던 것이다. 그러나 이것도 군국주의적 낙조落照의 반사에 불과하였다.

1억만 국민의 머리 위에 군림하고, 세계를 손아귀에 넣을 것을 다짐하면서 세계에 선전을 포고했던 독일 황제. 그리하여 한때는 종횡무진으로 백전백승의 느낌마저 들게 했던 독일 황제가 하루아침에 생명이나 하늘처럼 여기던 칼을 버리고 처량하게도 멀리 네덜란드의 한구석에서 겨우 목숨만을 지탱하게 되었으니 이 무슨 돌변이냐, 이는 곧 카이제르의 실패일 뿐 아니라 군국주의의 실패로서, 통쾌함을 금치 못하는 동시에 그 개인을 위해서는 한 가닥 동정을 아끼지 않는 바이다.

그런데 연합국측도 독일의 군국주의를 타파한다고 큰소리

쳤으나 그 수단과 방법은 역시 군국주의의 유물인 군함과 총포 등의 살인도구였으니, 오랑캐로써 오랑캐를 친다는 점에서는 무엇이 다르겠는가. 독일의 실패가 연합국의 전승을 말함이 아닌 즉, 많은 강대국과 약소국이 합력하여 5년간의 지구전으로도 독일을 제압하지 못한 것은, 이 또한 연합국 측 준군국주의準軍國主義의 실패가 아닌가.

그러면 연합국측의 대포가 강한 것이 아니었고 독일의 칼이 약한 것이 아니었다면 어찌하여 전쟁이 끝나게 되었는가. 정의와 인도의 승리요, 군국주의의 실패 때문인 것이다. 그렇다면 정의와 인도, 즉 평화의 신이 연합국과 손을 잡고 독일의 군국주의를 타파했다는 말인가. 아니다. 정의와 인도, 즉 평화의 신이 독일 국민과 손을 잡고 세계의 군국주의를 타파한 것이다. 그것이 곧 전쟁 중에 일어난 독일의 혁명이다. 독일 혁명은 사회당의 손으로 이룩된 것인 만큼 그 유래가 오래고 또한 러시아혁명의 자극을 받은 바 없지 않을 것이다. 그러나 총괄적으로 말하면, 전쟁의 쓰라림을 느끼고 군국주의의 잘못을 통감한 사람들이 전쟁을 스스로 파기하고 군국주의의 칼을 분질러 그 자살을 도모함으로써 공화혁명

共和革命의 성공을 얻고 평화적인 새 운명을 개척한 것이다. 연합국은 이 틈을 타 어부지리를 얻은 데 불과하다.

이번 전쟁의 결과는 연합국뿐만 아니라 또한 독일의 승리라고도 할 수 있다. 어째서 그러한가. 만약 이번 전쟁에 독일이 최후의 결전을 시도했다면 그 승부를 예측할 수 없었을 것이며, 또한 설사 독일이 한때 승리를 거두었다 하더라도 반드시 연합국의 복수 전쟁이 일어나 독일이 망하지 않으면 군대를 해산하지 않았을 것이다. 그러므로 독일이 패전한 것이 아니고 승리했다고도 할 수 있는 때에 단연 굴욕적인 휴전조약을 승낙하고 강화에 응한 것은 기회를 보아 승리를 먼저 차지한 것으로서, 이번 강화회담에서도 어느 정도의 굴욕적 조약에는 무조건 승인하리라 믿어 의심치 않는다. 따라서 지금 보아서는 독일의 실패라 할 것이지만 긴 안목으로 보면 독일의 승리라 할 것이다.

아아, 유사 이래 처음 있는 유럽 전쟁과 기이하고 불가사의한 독일의 혁명은 19세기 이전의 군국주의, 침략주의의 전별회餞別會가 되는 동시에 20세기 이후의 정의·인도적 평화주의의 개막이 되는 것이다. 카이제르의 실패가 군국주의 국가의 머리에 철퇴를 가하고 윌슨의 강화회담 기초 조건이 각 나라의 메마른 땅에 봄바람을 전해 주었다. 이리하여 침략자의 압박 아래에서 신음하던 민족은 하늘을 날 기상과 강물을 쪼갤 형세로 독립·자결을 위해 분투하게 되었으니, 폴란드의 독립선언이 그것이요, 체코의 독립이 그것이며, 아일랜드의 독립선언이 그것이고, 또한 조선의 독립선언이 그것이다.

각 민족의 독립·자결은 자존성自存性의 본능이요, 세계의 대세이며, 하늘이 찬동하는 바로써, 전 인류의 앞날에 올 행복의 근원이다. 누가 이를 억제하고 누가 이것을 막을 것인가.

일본이 조선을 합병한 후 자존성이 강한 조선인은 그 주위에서 일어나는 어느 한 가지 사실도 독립과 연관시켜 생각하지 않은 일이 없었다. 그러나 최근의 동기로 말하면 대략 세 가지로 나눌 수 있을 것이다.

1) 조선 민족의 실력

일본은 조선의 민의를 무시하고 암약한 주권자를 속여 몇몇 아부하는 무리와 더불어 합방이란 흉포한 짓을 강행하였다. 그 후로부터 조선 민족은 부끄러움을 안고 수치를 참는 동시에 분노를 터뜨리며 뜻을 길러 정신을 쇄신하고 기운을 함양하는 한편, 어제의 잘못을 고쳐 새로운 길을 찾아왔다. 그리하여 일본의 방해에도 불구하고 외국에 유학한 사람도 수만에 달하였다. 그러므로 우리에게 독립정부가 있어 각 방면으로 원조 장려한다면 모든 문명이 유감없이 나날이 진보할 것이다.

국가는 모든 물질문명이 완전히 구비된 후에라야 꼭 독립되는 것은 아니다. 독립할 만한 자존自存의 기운과 정신적 준비만 있으면 충분한 것으로, 문명의 형식을 물질에서만 찾음은 칼을 들어 대나무를 쪼개는 것과 같으니 그 무엇이 어려운 일이라 하겠는가.

일본인은 항상 조선의 물질문명이 부족한 것으로 말머리를 잡으나 조선인을 어리석게 하고 야비케 하려는 학정과 열등교육을 폐지하지 않으면 문명의 실현은 보기 어려울 것이다. 이것이 어찌 조선인의 소질이 부족한 때문이겠는가. 조선인은 당당한 독립 국민의 역사와 전통이 있을 뿐만 아니라 현대문명을 함께 나눌 만한 실력이 있는 것이다.

2) 세계 대세의 변천

20세기 초두부터 전 인류의 사상은 점점 새로운 빛을 띠기 시작하고 있다. 전쟁의 참화를 싫어하고 평화로운 행복을 바라고 각국이 군비를 제한하거나 폐지하려는 움직임을 보이고 있다. 만국이 서로 연합하여 최고재판소를 두고 절대적인 재판권을 주어 국제문제를 해결하며 전쟁을 미연에 방지하자는 설도 나오고 있다. 그밖에 세계연방설과 세계공화국설 등 실로 가지가지의 평화안을 제창하고 있으니 이는 모두 세계 평화를 촉진하는 기운들이다.

소위 제국주의적 정치가의 눈으로 본다면 이것은 일소에 붙일 일일 것이나 사실의 실현은 시간문제일 뿐이다. 최근 세계의 사상계에 통절한 실제적 교훈을 준 것이 구라파 전쟁과 러시아혁명과 독일혁명이 아닌가.

세계 대세에 대해서는 위에 말한 바가 있으므로 중복을 피하거니와, 한 마디로 말하면 현재로부터 미래의 대세는 침략주의의 멸망, 자존적自存的 평화주의의 승리가 될 것이다.

3) 민족자결 조건

미국 대통령 윌슨씨는 독일과 강화하는 기초 조건, 즉 14개 조건을 제출하는 가운데 국제연맹과 민족자결을 제창하였다. 이에 대해 미국·프랑스·일본과 기타 여러 나라가 내용적으로 이미 국제연맹에 찬동하였으므로 그 본바탕, 즉 평화의 근본 문제인 민족자결에 대해서도 물론 찬성할 것이다.

이와 같이 각국이 찬동의 뜻을 표한 이상 국제연맹과 민족

자결을 윌슨 한 사람의 사사로운 말이 아니라 세계의 공언
公言이며, 희망의 조건이 아니라 기성旣成의 조건이 되었다.
또한 연합국측에서 폴란드의 독립을 찬성하고, 체코의 독립
을 위하여 거액의 군비와 적지 않은 희생을 무릅써가며 영
하 30도를 오르내리는 추위에도 불구하고 군대를 시베리아
에 보내되, 특히 미국과 일본이 크게 노력한 것은 민족자결
을 사실상 원조한 사례일 것이다. 이것이 모두 민족자결주
의 완성의 표상이니, 어찌 기뻐하지 않겠는가.

나라를 잃은 지 10년이 지나고 지금 독립을 선언한 민족이 독립선언의 이유를 설명하게 되니, 실로 침통함과 부끄러움을 금치 못하겠다. 이제 독립의 이유를 네 가지로 나누어 보겠다.

1) 민족 자존성

들짐승은 날짐승과 어울리지 못하고 날짐승은 곤충과 함께 무리를 이루지 못한다. 같은 들짐승이라도 기린과 여우나 삵은 그 거처가 다르고, 같은 날짐승 중에서도 기러기와 제비·참새는 그 뜻을 달리하며, 곤충 가운데서도 용과 뱀은 지렁이와 그 즐기는 바를 달리한다. 또한 같은 종류 중에서도 벌과 개미는 자기 무리가 아니면 서로 배척하여 한 곳에 동거하지 않는다.

이는 감정이 있는 동물의 자존성에서 나온 행동으로 반드시 이해득실을 따져 남의 침입을 배척하는 것이 아니라, 다른 무리가 자기 무리에 대하여 이익을 준다 해도 역시 배척하는 것이다. 이것은 배타성이 주체가 되어 그런 것이 아니라 같은 무리는 저희끼리 사랑하여 자존自存을 누리는 까닭에 자존의 배후에는 자연히 배타가 있는 것이다. 여기서 배타라 함은 자존의 범위 안에 드는 남의 간섭을 방어하는 것을 의미하며 자존의 범위를 넘어서까지 배척함을 뜻하는 것이 아니다. 따라서 자존의 범위를 넘어 남을 배척하는 것은 배척이 아니라 침략이다.

인류도 마찬가지여서 민족 간에는 자존성이 있다. 유색인종과 무색인종 간에 자존성이 있고, 같은 종족 중에서도 각 민족의 자존성이 있어 서로 동화하지 못하는 것이다. 예컨대 중국은 한 나라를 형성하였으나 민족적 경쟁은 실로 격렬하지 않았는가. 최근의 사실만 보더라도 청나라의 멸망은 겉으로 보기에는 정치적 혁명 때문인 것 같으나, 실은 한민족과 만주족의 쟁탈에 연유한 것이다. 또한 티베트족이나 몽고족도 각각 자존을 꿈꾸며 기회만 있으면 궐기하려 하고 있다. 그밖에도 아일랜드나 인도에 대한 영국의 동화정책, 폴란드에 대한 러시아의 동화정책, 그리고 수많은 영토에 대한 각국의 동화정책은 어느 하나도 수포로 돌아가지 않은 것이 없다.

한 민족이 다른 민족의 간섭을 받지 않으려 하는 것은 인류가 공통으로 가진 본성으로서 이 같은 본성은 남이 꺾을 수 없는 것이며 또한 스스로 자기 민족의 자존성을 억제하려 하여도 되지 않는 것이다. 이 자존성은 항상 탄력성을 가져 팽창의 한도, 즉 독립자존의 길에 이르지 않으면 멈추지 않는 것이니 조선의 독립을 감히 침해하지 못할 것이다.

2) 조국 사상

남南의 새는 남녘의 나뭇가지를 생각하고 호마胡馬는 북풍을 그리워하는 것이니, 이는 그 본바탕을 잊지 않기 때문이다. 동물도 이러하거늘 하물며 만물의 영장인 사람이 어찌 그 근본을 잊을 수 있겠는가.

근본을 잊지 못함은 인위적인 것이 아니라 천성이며 또한 만물의 미덕이기도 하다. 그러므로 인류는 그 근본을 못 잊을 뿐 아니라 잊고자 해도 잊을 수가 없는 것이다. 반만년의 역사를 가진 나라가 오직 군함과 총포의 수가 적은 이유 하나 때문에 남의 유린을 받아 역사가 단절됨에 이르렀으니, 누가 이를 참으며 누가 이를 잊겠는가. 나라를 잃은 뒤 때때로 근심 띄운 구름, 쏟아지는 빗발 속에서도 조상의 통곡을 보고, 한밤중 고요한 새벽에 천지신명의 질책을 듣거니와, 이를 능히 참는다면 어찌 다른 무엇을 참지 못할 것인가. 조선의 독립을 감히 침해하지 못할 것이다.

3) 자유주의(자존주의와는 크게 다름)

인생의 목적을 철학적으로 해석하려면 여러 가지 설이 구구하여 일정한 정의를 내리기 어렵다. 그러나 인생의 목적은 참된 자유에 있는 것으로서, 자유가 없는 생활에 무슨 취미가 있겠으며 무슨 즐거움이 있겠는가. 자유를 얻기 위해서는 어떤 대가도 아까워할 것이 없으니, 곧 생명을 바쳐도 좋을 것이다.

일본은 조선을 합병한 후 압박에 압박을 더해 말 한 마디, 발걸음 하나에까지 압박을 가하여 자유의 생기는 터럭만큼도 없게 되었다. 피가 없는 무생물이 아닌 이상에야 어찌 이것을 참고 견디겠는가. 한 사람이 자유를 빼앗겨도 하늘과

땅의 화기和氣가 상처를 입는 법인데, 어찌 2천만의 자유를 말살함이 이다지도 심하단 말인가. 조선의 독립을 감히 침해하지 못할 것이다.

4) 세계에 대한 의무

민족자결은 세계평화의 근본적인 해결책이다. 민족자결주의가 성립되지 못하면 아무리 국제연맹을 조직하여 평화를 보장한다 하더라도 결국에는 수포로 돌아가고 말 것이다. 왜냐하면 민족자결이 이룩되지 않으면 언제라도 싸움이 잇달아 일어나 전쟁이 계속될 것이기 때문이다. 이러한 세계의 책임을 조선 민족이 어떻게 면할 수 있겠는가. 그러므로 조선 민족의 독립자결은 세계의 평화를 위한 것이요, 또한 동양평화에 대해서도 중요한 열쇠가 되는 것이다. 일본이 조선을 합병한 것은 조선 자체의 이익을 위함이 아니라 조선 민족을 몰아내고 일본 민족을 이식코자 한 때문이요, 나아가 만주와 몽고를 탐내고 한 걸음 더 나아가 중국 대륙까지 꿈꾸는 까닭이다. 이 같은 일본의 야심은 누구도 다 아는 사실이다.

중국을 경영하려면 조선을 버리고는 달리 그 길이 없다. 그러므로 침략정책상 조선을 유일한 생명선으로 삼는 것이니 조선의 독립은 곧 동양의 평화가 되는 것이다. 조선의 독립을 감히 침해하지 못할 것이다.

조선을 합방한 후 조선에 대한 일본의 시정방침은 무력압박이라는 넉자로 충분히 대표된다. 전후의 총독, 즉 데라우치寺內와 하세가와長谷川로 말하면, 정치적 학식이 없는 한낱 군인에 지나지 않아 조선의 총독정치는 한마디로 말해 헌병정치였다. 환언하면 군력軍力정치요, 총포정치로써 군인의 특징을 발휘하여 군력정치를 행함에는 유감이 없었다.

그러므로 조선인은 헌병이 쓴 모자의 그림자만 보아도 독사나 호랑이를 본 것처럼 피하였으며, 무슨 일이나 총독정치에 접할 때마다 자연히 5천 년 역사의 조국을 회상하며 2천만 민족의 자유를 기원하면서 사람이 안 보는 곳에서 피와 눈물을 흘렸던 것이다. 이것이 곧 합방 후 10년에 걸친 2천만 조선 민족의 생활이었다. 진실로 일본인이 인간의 마음을 가졌다면 이런 일을 행하고도 꿈에서나마 편안할 것인가.

또한 종교와 교육은 인류생활에 있어 특별히 중요한 일로서 어느 나라도 종교의 자유를 인정하지 않는 나라가 없거늘,

조선에 대해서만은 유독 종교령을 발포하여 신앙의 자유를 구속하고 있다. 교육으로 말하더라도 정신교육이 없음은 말할 것도 없거니와 과학 교과서도 크게 보아 일본말 책에 지나지 않는다. 그 밖의 모든 일에 대한 학정은 이루 헤아릴 수도 없고 또 그럴 필요도 느끼지 않는다.

그러나 조선인은 이 같은 학정 아래 노예가 되고 소와 말이 되면서도 10년 동안 조그마한 반발도 일으키지 않고 그저 순종할 뿐이었다. 이는 주위의 압력으로 반항이 불가능했기 때문이기도 하겠으나 그보다는 총독정치를 중요시하여 반항을 일으키려는 생각이 없었기 때문이었다. 왜냐하면 총독정치 이상으로 합병이란 근본문제가 있었던 까닭이다. 다시 말하면 언제라도 합방을 깨뜨리고 독립자존을 꾀하려는 것이 2천만 민족의 머리에 박힌 불멸의 정신이었다. 그러므로 총독정치가 아무리 극악해도 여기에 보복을 가할 이유가 없고, 아무리 완전한 정치를 한다 해도 감사의 뜻을 나타낼 까닭이 없어, 결국 총독정치는 지엽적 문제로 취급했던 까닭이다.

이번의 조선 독립은 국가를 창설함이 아니라 한때 치욕을 겪었던 고유의 독립국이 다시 복구되는 독립이다. 그러므로 독립의 요소, 즉 토지·국민·정치와 조선 자체에 대해선 만사가 구비되어 있어 다시 말할 필요가 없겠다. 그리고 각국의 승인에 대해서는 원래 조선과 각국의 국제적 교류는 친선을 유지하여 서로 좋은 감정을 가지고 있었던 바다. 더욱이 개론에서 말한 것과 같이 지금은 정의·평화·민족 자결의 시대인즉 조선 독립을 그들이 즐겨 바랄 뿐 아니라 원조차 아끼지 않을 것이다. 다만 문제는 일본의 승인 여부뿐이다. 그러나 일본도 승인을 꺼려하지 않을 줄로 믿는다.

무릇 인류의 사상은 시대에 따라 변천되는 것으로서 사상의 변천에 따라 사실의 변천이 있음은 물론이다. 또한 사람은 실리만을 위하는 것이 아니라 명예도 존중하는 것이다. 침략주의, 즉 공리주의 시대에 있어서는 타국을 침략하는 것이 물론 실리를 위하는 길이었지만 평화, 즉 도덕주의 시대에는 민족자결을 찬동하여 작고 약한 나라를 원조하는 것이 국위를 선양하는 명예가 되며 동시에 하늘의 혜택을 받는 길이 되는 것이다.

만일 일본이 침략주의를 여전히 계속하여 조선의 독립을 부인하면, 이는 동양 또는 세계평화를 교란하는 일로서 아마도 미일美日, 중일中日전쟁을 위시하여 세계적 연합전쟁을 유발하게 될지도 모른다. 그렇게 되면 일본에 가담할 자는 영국(영·일 동맹 관계뿐 아니라 영국령 문제로) 정도가 될는지 의문이니, 어찌 실패를 면할 것인가. 제2의 독일이 될 뿐으로 일본의 무력이 독일에 비하여 크게 부족됨은 일본인 자신도 수긍하리라. 그러므로 지금의 대세를 역행치 못할 것은 명백하지 아니한가.

또한 일본이 조선 민족을 몰아내고 일본 민족을 이식하려는 몽상적인 식민정책도 절대 불가능하다. 중국에 대한 경영도 중국 자체의 반항뿐 아니라 각국에서도 긍정할 까닭이 전혀 없으니 식민정책으로나 조선을 중국 경영의 징검다리로 이용하려는 정책은 모두 수포로 돌아갈 것이다. 그러므로 일본은 무엇이 아까워 조선의 독립 승인을 거절할 것인가.

일본이 넓은 도량으로 조선의 독립을 승인하고 일본인이 구두선처럼 외는 중일 친선을 진정 발휘하면 동양평화의 맹주를 일본 아닌 누구에게서 찾겠는가. 그리하면 20세기 초두 세계적으로 천만 년 미래의 평화스런 행복을 위하여 복음을 전하는 천사국이 서반구의 미국과 동반구의 일본이 있게 되니, 이 어찌 영예롭지 않겠는가. 동양인의 얼굴을 빛냄이 과연 얼마나 크겠는가.

또한 일본이 조선의 독립을 앞장서서 승인하면 조선인은 일본인에 대하여 합방의 원한을 잊고 깊은 감사를 표할 것이다. 뿐만 아니라 조선의 문명이 일본에 미치지 못함은 사실인즉, 독립한 후에 문명을 수입하려면 일본을 외면하고는 달리 길이 없을 것이다. 왜냐하면 서양문명을 직수입하는 것도 절대로 불가능한 일은 아니나 길이 멀고 내왕이 불편하며 언어·문자나 경제상 곤란한 일이 많기 때문이다. 일본으로 말하면 부산해협이 불과 10여 시간의 항로요, 조선인 가운데 일본말과 글을 깨우친 사람이 많으므로 문명을 일본으로부터 수입하는 것은 지극히 쉬운 일이라 하겠다. 그러면 두 나라의 친선은 실로 아교나 칠 같이 긴밀할 것이니 동양평화를 위해 얼마나 좋은 복이 되겠는가. 일본인은 결코 세계 대세에 반하여 스스로 손해를 초래할 침략주의를 계속하는 어리석음을 저지르지 않고 동양평화의 맹주가 되기 위해 우선 조선의 독립을 앞장서서 승인하리라 믿는다.

가령 이번에 일본이 조선 독립을 부인하고 현상유지가 된다 하여도, 인심은 물과 같아서 막을수록 흐르는 것이니 조선의 독립은 산위에서 굴러 내리는 둥근 돌과 같이 목적지에 이르지 않으면 그 기세가 멎지 않을 것이다. 만일 조선독립이 10년 후에 온다면 그동안 일본이 조선에서 얻는 이익이 얼마나 될 것인가 물질상의 이익은 수지상 많은 여축을 남겨 일본 국고에 기여함이 쉽지 않을 것이다. 기껏해야 조선에 있는 일본인의 관리나 기타 월급생활 하는 자의 봉급 정도일 것이니, 그렇다면 그 노력과 자본을 상쇄하면 순이익은 실로 적은 액수에 지나지 않으리라.

또한 조선 독립 후 일본인의 식민殖民은 귀국치 않으면 국적을 옮겨 조선인이 되는 수밖에 다른 도리가 없을 것이므로, 그렇다면 10년간에 걸친 적은 액수의 소득을 탐내어 세계평화의 대세를 손상하고 2천만 민족의 고통을 더하게 함이 어찌 국가의 불행이 아니겠는가.

일본인은 기억하라. 청일전쟁 후의 마관조약馬關條約과 노일전쟁 후의 포츠머드 조약 가운데서 조선의 독립을 보장한 것은 무슨 의협심이며, 그 두 조약의 먹물이 마르기도 전에 곧 절개를 바꾸고 지조를 꺾어, 궤변과 폭력으로 조선의 독립을 유린함은 또 그 무슨 배신인가. 지난일은 그렇다 하고라도 앞일을 위하여 간언諫言하노라. 지금은 평화의 일념이 가히 세계를 상서롭게 하려는 때이니 일본은 모름지기 노력할 것이로다.

Part 4

청년에게

새해를 맞이하면서 조선 청년에게 몇 마디 말을 부치게 되는 것도 한때의 기회라면 기회다. 그러한 말을 하려고 생각할 때에는 할말이 하도 많아서 이루 다 할 수가 없을 것 같더니, 글을 쓰려고 붓을 들고 보니, 다시 말이 없자 한다. 그래서 나의 말은 거칠고 짧다.

여기에서 특별한 의미를 찾으려는 것보다 한줄기의 정곡情曲으로 알아준다면 좋을 것이다. 그러나 독자 여러분은 거친 말을 다듬어 읽고, 짧은 글을 길게 볼 수도 있을 것이다. 지금의 우리들은 '이심전심以心傳心'이 상승되는 까닭이다.

다시 말하면, 괴로운 형식으로 표현된 거친 말과 짧은 글을 독자의 가슴 깊은 속으로부터 다듬어 보고 길게 읽을 수가 있다는 말이다. 이것이 우리들의 고통이 되는 동시에 따라서 흥미가 되는 것이라고 말하는지도 모르는 것이다.

현대의 조선 청년을 가리켜 불운아不運兒라고 말하는 사람이 있다면 그것은 누구냐? 어리석은 촌학구村學究의 말이 아니

면 근시안적 못난 자의 소견일 것이다.

현금의 조선 청년의 주위를 싸고 도는 모든 환경이 거슬려 부딪쳐 하나에서 둘까지, 뒤에서 앞까지, 모두가 고르지 못한 역경인 까닭으로 그것을 보고서 현대의 조선 청년은 불운이라고 하는지도 모른다. 그러나 그것을 가리켜 어리석고 근시안적 소견이라 하는 것이다. 그것은 만지풍설滿地風雪, 차고 거친 뜰에서 바야흐로 맑은 향기를 토하려는 매화나무의 아름답고 새로운 생명이 조용히 움직이고 있는 것과 같은 논법이 될 것이다.

현금의 조선 청년은 시대적 행운아다. 바꾸어 말하자면, 현대는 조선 청년에게 행운을 주는 득의의 시대다. 조선 청년의 주위는 역경인 까닭이다. 역경을 깨치고 아름다운 낙원을 자기의 손으로 건설할 만한 기운과 만났다는 말이다.

불행히 태평한 시대에 나서 하염없이 살지 않고 다행히 할 일 있는 시대에 나서 좋은 일을 제 손으로 많이 할 수 있다는 말이다. 기마驥馬는 마굿간에서 늙는 것을 싫어하고, 용사는 요에서 죽는 것을 부끄러워한다.

예로부터 하염있는 사람들은 불우를 슬퍼하느니, 하염있는

227

사람들의 이른바 불우라는 것은 아무 일도 할 만한 자료가 없는 미지근한 태평시대를 가리킨 것일 것이다.

아아, 좋은 일의 자료가 되는 역경에 싸여있는 조선 청년은 득의의 행운아일지는 모른다. 좋은 일을 하기 위하여 일정한 목표를 바라고 나갈 뿐이다. 인생은 좋은 표준을 세우고 자동적으로 고결하게 진행하는 것이 가장 귀한 것이다. 그러므로 나의 표준을 바루고 나감에는, 앞에 장애가 없고 뒤에 마魔가 없는 것이다. 가다가 가지 못한다면 그것은 육체요, 정신은 아닐 것이다. 나침반은 지방과 기후의 차이에 따라서 지침의 방향을 고치는 것이 아니다. 사람은 환경의 순역順逆에 따라서 표준을 바꾸는 것이 아니다. 조가비로 한강수를 마르게 할 수가 있고, 삼태기로 백두산을 옮길 수가 있느니라.

이론가들의 말을 빌려 말하면, 행복의 과果는 곤란의 인제에서 난다. 현재의 향복享福은 과거인의 피와 땀의 대가다. 그렇다면 후대 자손에게 향복의 유산을 끼쳐주기 위하여 피와 땀을 흘리게 되는 현대의 조선 청년은 행운아다.

나는 구구한 이론을 많이 쓰기는 싫다. 다시 말하면, 독자

여러분의 눈으로 볼만한 글을 많이 쓰기는 싫다. 다만 마음으로 읽을 만한 뜻을 조금 있으면 족하다.

소석小石은 원래 말이 없느니라. 그러나 적은 말에도 참이 있다면 급한 조수에 몰려서 판국이 어지러운 작은 돌도 점두點頭하느니라.

조선 청년은 자애自愛하라.

해는 새로웠다.

쌓인 눈, 찬바람, 매운 기운, 모든 것이 너무도 삼름森凜하여서 어느 것 하나도 무서운 겨울 아닌 것이 없는 듯하다. 그러나 그러한 환경을 깨치고 스스로 향기를 토하고 있는 매화, 새봄의 비밀을 저 혼자 알았다는 듯이 미소를 감추고 있다.

그렇다. 소장영고消長榮枯. 흥망성쇠의 순환이 우주의 원칙이다. 실의의 사막에서 헤매는 약자도 절망의 허무경虛無境은 아니니라. 득의의 절정에서 춤추는 강자도 유구한 한일월閒日月은 아니니라.

쌓인 눈, 찬 바람에 아름다운 향기를 토하는 것이 매화라면, 거친 세상 괴로운 지경에서 진정한 행복을 얻는 것이 용자이니라.

꽃으로서 매화가 된다면 서리와 눈을 원망할 것이 없느니라. 사람으로서 용자가 된다면 행운의 기회를 기다릴 것이 없느니라.

무서운 겨울의 뒤에서 바야흐로 오는 새봄은 향기로운 매화에게 첫 키스를 주느니라. 곤란의 속에 숨어 있는 행복은 스스로 힘쓰는 용자의 품에 안기느니라.

우리는 새봄의 새 복을 맞기 위하여 모든 것을 제 힘으로 창조하는 용자가 되어요.

조선 청년을 위하여 도모하는 자는 다방면으로 관찰하리니, 그 관찰에 따라 각각 정견을 세움은 물론이다.

그러나 조선 청년을 관찰코자 하는 자는 먼저 그 심리를 이해함이 필요하고, 실미를 이해한 후에는 근본적으로 정신 수양을 절규하고자 하노라.

그러나 조선 청년의 현재 심리를 정해함은 실로 쉬운 일이 아니니, 타인이 그 심리를 정해하기 어려우리라.

사람은 만능의 신이 아닐 뿐 아니라 생활의 취미는 복잡을 피하고 간결을 이루고자 하는 고로 자기의 취미에 적합한 한둘의 일을 택하여 목적을 정하고 전진함이 가하니, 어떤 사람이라도 일정한 지향이 없는 자는 성공도 없고 성취도 없으리라.

가령 도덕가가 되고자 하는 자는 반드시 그 정신과 육체의 주력을 도덕의 방면에 이룸이 가하고, 문학가가 되고자 하는 자는 그 주력을 문학의 방면에 이룸이 가하고, 군사가가 되고자 하는 자는 그 주력을 군사의 방면에 이룸이 가하다. 그러나 자기의 지향을 정한 후에는 그 지향을 절대로 복종하라 함은 아니니, 아무리 미리 정한 지향이 있을지라도 지식의 향상에 의하든지, 경우의 필요에 의하든지 그 지향을 바꾸는 일도 있으리라.

그러나 부득이한 변천을 제한 외에 외부의 힘이나 혹은 자심自心의 산만으로 인하여 그 뜻을 두 가지, 세 가지로 함은 전혀 불인격이다. 지향을 한번 정하여 필생에 고수한다고 모두 평균히 동일한 좋은 결과를 거둠은 아닐지니, 예를 들면 도덕에 종사한다고 모두 석가나 공자가 되기 어렵고, 문학에 종사한다고 모두 셰익스피어나 톨스토이가 되기 어렵고, 군사에 종사한다고 모두 을지문덕이나 한신韓信이 되기 어려울지니, 이는 선천의 품성과 인위의 사정에 의하여 다소의 차이를 생기게 함인즉, 성공의 여부는 입지立志에 대해서는 별문제가 되리라. 그러므로 성공은 기회와 인연에 속하고, 입지를 바꾸지 않는 것은 인격에 속할지니, 성공은 우연의 성공도 있으나 인격은 요행의 인격이 없느니라.

인생의 가치는 성공에 있음이 아니요, 인격에 있느니라. 인격의 빛은 일시적 능률의 반사가 아니요, 일관적 분투의 발현이니라.

그러면 사람은 마땅히 인간만사 중에 자기의 취미에 적당한 미사美事를 택하여 이를 연구하고, 이를 실행하기 위해서는 어떤 장애도 배제하고 어떤 희생도 불사할지라. 사냥꾼은 조수鳥獸를 잡기 위하여 산봉우리와 계곡을 가리지 않고 넘어지면서도 분망히 달리느니, 국외자의 눈으로 보면 그 피로를 대민代憫함과 동시에 그 어리석음을 웃을는지도 모르리라. 그러나 뉘라셔 청산녹수 중에 천창지비天藏地秘, 만인불견萬人不見의 궁묘절기窮妙絶奇한 경치가 이 사냥꾼의 전유물이 되는 줄을 알리요.

이와 같이 사람이 일정한 목적에 달하기 위하여 일체의 장애를 배제하고 만반의 희생을 불사하면, 그 주위에는 물론 형극도 있고 사갈蛇蝎도 있을 것이나, 그 천인불견天人不見의 이면에는 안개와 노을의 어두운 기氣를 띠지 아니하고, 영롱찬란한 자신감의 천화天化가 흩날리고, 물질의 속박을 해탈한 만곡천인萬斛千仞, 정신의 은하銀河도 쏟아내리라. 이러한 마음속 깊이 혼자 얻는 자위는 외계로부터 이르는 고통을 서로 보상하고도 오히려 여유가 작작하리니, 이는 곧 인격의 천국에 이르는 화성化城이니라.

만일 사람이 일정한 입지가 없고 일정한 실행이 없으면, 어떤 가치가 있으리요. 금일에 교육가가 되고자 하고, 명일에 실업가가 되고자 하고, 또 명일에 정치가가 되고자 하여, 이와 같이 전전부정轉轉不定하면 이는 날마다, 심하면 때때로 변절개종하는 무뢰한이라.

무의미한 허영심에서 나오는 망상이니 만사에 대하여 성공이 없을 뿐 아니라 자기 마음의 난동하는 번민을 금치 못할지니 어찌된 불행이냐. 이는 개인의 불행뿐 아니요, 사회의 불행이니라.

조선 현재 청년의 심리는 어떠한가? 일정한 지향을 가져서 백절불굴의 실행이 있는가? 다반의 장애를 배제하고 만진불퇴萬進不退하는 분투의 용기가 있는가? 그렇지 않으면 아침에는 지사의 구두선口頭禪을 말하고, 밤에는 졸장부의 위선을 꿈꾸지 않는가? 연석에서는 동서고금의 영웅 호걸을 완전무결하게 질타하다가 귀갓길에는 편운결월片雲缺月의 물외생애物外生涯를 상기치 않는가.

조선 청년의 심리를 한마디로 폐하여 말하자면 미정이라 할 것이요, 설혹 일정한 뜻을 세운 문명에 중상된 까닭이다.

물질문명은 인지 개발의 과도시대에 면할 수 없는 점진적 현상이다. 그러나 물질계보다 정신계를 귀중히 여기는 고등 동물 중에서 영장된 사람이 어찌 영원히 구구한 물질문명에 자족하여 정신계의 생활을 무시하리요. 고로 물질문명은 인생궁극의 문명이 아닌 즉, 다시 일보를 나아가 정신문명으로 나아감은 자연의 추세라.

이로 말미암아 보면 물질문명이 사람에 대하여 얼마 간의 해독을 줌을 추상하기가 어렵지 않도다. 하물며 외지에 전성하는 물질문명의 여파가 급조急潮처럼 수입, 수입이라고 하느니보다 차라리 침입이라고 할 만큼 조선의 사람이 어찌 그 해독을 면하기 용이하리요. 현금의 조선인은 문명 창조자도 아니요, 계속 발명자도 아닌 즉, 아직 피문명 시대라 할 것이니, 피분명 시대에 있어서 상당한 수양의 실력이 없는 자는 경감부동하여 배부른 심사가 금전광金錢狂이 아니면 곧 영웅열英雄熱이라.

부호가 되며 영웅이 되고자 함은 인류 향상의 욕망이다. 그러나 부호와 영웅은 나태의 산물이 아니라 상당한 노력과 분투를 쌓아야 얻는 것이니, 부호는 부호될 만한 근면이 있고 영웅은 영웅될 만한 분투가 있음이거늘, 다만 타인이 이미 이룩한 굉공대업宏功大業의 미명에만 부러워하여 부호는 되고자 하되 근면을 피하고, 영웅은 되고자 하되 분투를 싫어하면, 세상에 어찌 나태한 사람에게 일확천금의 부가 있을 것이며, 퇴굴退屈의 사람에게 가만히 앉아서 얻는 영명榮名이 있으리요.

이와 같은 헛수고의 금전광과 허위의 영웅열은 다만 불평과 번민을 증가할 뿐이니 무슨 이익이 있으리요. 이는 입지가 확고하지 않은 사람이 한갓 물질문명의 현상에 취하여 허영심을 도발하기 때문이다. 고로 어떤 사람이라도 심적 수양이 없으면 사물의 사역자使役者가 되기 쉬우니, 학문만 있고 수양이 없는 자는 학문의 사역이 되고, 지식만 있고 수양이 없는 자는 지식의 사역이 되느니라. 아니다. 사역이 될 뿐 아니라 학문과 지식이 많고 수양이 없는 자처럼 불행한 자는 없으리라.

학문과 지식이 많은 사람은 사물에 대한 판별력이 민속한지라, 판별력은 곧 취사선택을 일으키는 고로 욕망도 많고 염오厭惡도 많으니, 사회와 사물에 대하여 취사取捨·흔염欣厭의 느끼는 바를 자제하지 못하면 불평과 번민에 매장될 뿐이니, 이러하면 전 세계인이 구가謳歌하고 숭배하는 학문과 지식은 다만 인생 만불행의 원소가 될 뿐이 아닌가.

사람은 마땅히 물질적 속박을 해탈하고 망상적 번민을 초월할 만한 심리적 실력을 수양하여 광달한 도량과 활발할 용기로 종횡진퇴에 유연히 자득自得할 것이다. 고로 수양이 있는 사람에게는 지식은 비단과 같고 학문은 꽃과 같아, 세상을 비추는 빛은 능히 사회의 암흑을 깨뜨릴 것이니, 어찌 자기 한 사람만을 위하여 경하하리오.

조선 청년의 급부를 논하는 자가 혹은 학문이 급무라, 실업이 급무라, 그 외에도 다양한 급무를 외치리라.

그러나 심리 수양이 무엇보다도 급무라 생각하여 이를 환기코자 하노라.

천하 만사에 아무 표준도 없고 신뢰도 없는 무실행의 공론으로만 이루어지는 것이 있으리요. 실행은 곧 수양의 산아産兒라, 심오한 수양이 있는 자의 앞에는 마魔가 변하여 성자

聖者도 되고, 고苦가 바뀌어 쾌락도 될지니, 물질문명이 어찌 사람을 고통케 하리요. 개인적 수양이 없을 뿐이라, 물질문명이 어찌 사회를 병들게 하리요. 사회적 수양이 없을 따름이라, 수양이 있는 자는 어느 정도까지 물질문명을 이용하여 쾌락을 얻으리라.

심리적 수양은 궤도와 같고 물질적 생활은 객차와 같으니라. 개인적 수양은 원천源泉과 같고 사회적 진보는 강호江湖와 같으니라.

최선의 기유機杻도 수양에 있고 최후의 승리도 수양에 있으니, 조선 청년 앞날의 광명은 수양에 있느니라.

역경이라는 것은 자기 마음대로 되지 않는 것을 이름이요, 순경이라는 것은 마음대로 되는 것을 말함이니, 사람들은 역경에서 울고 순경에서 웃는 것이거니와, 역경과 순경에 일정한 표준이 있는 것은 아니다.

갑에게 역경인 것이 을에게는 순경이 되는 수가 있으니, 동일한 동풍이지마는 서항西航에는 순경이 되고 동항東航에는 역경이 되는 것이요, 동일한 춘우春雨이면서 농부에게는 순경이지마는 여행자에게는 역경이 되는 것이다.

그러나 동항하는 자가 동풍의 순경을 따라서 도리어 서항할 수는 없는 일이요, 여행하는 자가 춘우를 따라서 농사에 종사할 수는 없는 일이니, 그것은 전진의 목적이 다른 까닭이다.

사람은 부평초가 아니어서 바람부는 대로 물결치는 대로 순경만을 좇아서 사는 것은 아니다. 사람은 인생관에 따라서, 취미에 따라서 하루의 진로, 혹은 백 년의 목적이 있으니, 그 목적을 향하여 전진할 뿐이다.

앞날의 순역順逆은 목적의 방향과는 무관하다.

목적을 위하여 정당하게 전진하는 불굴의 인물을, 순경을 만난다고 기뻐 날뛰며 분수 밖의 속력을 가하는 것도 아니지마는, 역경을 만난다고 공축퇴굴恐縮退屈하여서 방향을 바꾸는 것도 아니다.

그뿐 아니라 사람은 진로에만 역경이 있는 것이 아니라 퇴로에도 역경이 있으니, 가다가 돌아서고 보면 퇴로고 다시 진로가 되는 까닭이다.

역경을 피하는 사람으로서 진로에서 역경을 피하여 돌아섰다가 퇴로에서 역경을 만나면 그때에는 어디로 갈 것인가. 천상天上에는 운무뇌정雲霧雷霆등의 역경이 있고, 지하에도 암석층·화산맥 등의 역경이 있으니, 과연 어디로 갈 것인가. 그뿐 아니라 역경을 피하여 순경만을 따라서 잠진속퇴暫進速退하는 무주견無主見의 무리에겐, 역경만 역경이 아니라 소위 순경도 돌연 역경으로 변하니, 그러한 무리는 그림자를 독사로도 보고, 죽실竹實을 썩은 쥐와 바꾸자 하는 까닭이다.

사람은 마땅히 역경을 정복하고 순경을 장엄莊嚴할 것이다.

사람은 물고기와 자라는 아니나 잠항정으로 해저를 정복하고 정복하고, 사람은 날개가 없으나 비행기로 천공을 정복하니, 용자와 지자의 앞에는 역경이 없는 것이다.

조달調達은 석가여래의 종형제로서 세세생생世世生生에 석가여래와는 정반대의 행동을 취하여서 빙탄氷炭의 사이가 되었던 것이다.

석가 응화應化시대에 조달이 역시 불법을 비방하다가 지옥에 빠진 일이 있었다.

그리하여 조달이 지옥에서 무한한 고초를 받고 있는데, 석가가 아난阿難을 보내 조달에게 세존이 위로하는 자비의 명을 전하고,

"지옥고地獄苦는 어떠한가?"

"석가여래의 사선천락四禪天樂보다 낫다."

"언제 지옥에서 나올 것인가?"

"석가여래가 지옥에 들어와 보아야 내가 나가겠다.

"석가여래는 삼계三界의 대도사大導師요, 사생四生의 자비로운 아버지이이신데, 지옥에 들어오실 까닭이 있을까?"

"석가여래가 지옥에 들어올 까닭이 없으면 내가 지옥에서

나갈 까닭이 없겠지" 하고 조달은 대답하였다.

조달은 역화보살逆化菩薩이라 하거니와, 순역順逆은 다를지언정 인격에 있어서는 조달이 석가여래에 못하지 아니한 것이다.

역경으로서 지옥 이상의 역경이 있으랴마는, 조달은 거기에 대하여서 능히 사선천四禪天의 무상락無上樂을 맛보았으니, 그것은 일체유심의 화현化現이니와 미상불 통쾌한 일이다.

사람으로서 석가여래가 못될진데 차라리 조달이 될 것인가.

조운모우朝雲暮雨의 기회주의자들, 인생으로서 가련하지 아니한가.

회산양릉懷山襄陵의 준랑駿浪인들 어찌 돌기둥을 움직이며, 질풍폭우의 어두운 밤인들 어찌 닭의 울음소리를 저지하랴. 역경이라는 것은 겁자의 눈에 보이는 신기루일 뿐이다.

그것을 겁내는 것이 어찌 스스로 부끄럽고 우스운 일이 아니랴. 일예재안一翳在眼에 망상이 어지럽게 떨어지느니, 모름지기 청명안淸明眼을 요할지니라.

쑥이 삼밭에 나니 받쳐주지 않아도 스스로 곧고 흰 모래가
진흙 속에 있으니 더불어 모두 검어진다.

봉 생 마 중 불 부 자 직
蓬生麻中 不扶自直
백 사 재 니 여 지 개 흑
白沙在泥 與之皆黑

이라 한 것은 증자曾子의 말이다.

쑥대는 외로이 나면 굽기도 하고 비뚤어지기도 하지만 밀립
密立한 마麻 중에 나면 주위의 영향을 받아 자연히 곧아지고,
흰 모래는 본질이 흰 것이나 진흙 속에 들어가면 검어지지
아니할 수가 없다는 말인데, 이것은 우교友交에 대하여 비유
한 말인즉 사람도 선인을 사귀면 선하여지고 악인을 사귀
면 악하여진다는 뜻이다.

사람은 어려서는 더욱 그러하거니와 성장하여서도 모방성
과 동화성이 많은 것이다. 그리하여 어려서는 가정교육이

중요하다는 것이다.

유아는 독립의식이 완전히 발달되지 못하여서, 보는 대로 하고 듣는 대로 하는 까닭에, 그와 언제든지 접촉하고 있는 가족의 언동을 배우게 되는 것이다.

맹모孟母의 삼천지교三遷之敎라는 것도 그것이다.

성장하여서도 무엇보다도 우교가 중요하다.

우교는 학교보다도 중요한 것이다.

학교 교육은 공식적이요, 시간적이며, 과정에 있어서도 덕육보다 지육·체육이 많아서 인격적으로 배우기에는 너무도 빈약하게 되어있는 것이다. 그러나 붕우朋友라는 것은 언제든지 상종하게 되는 것이다.

예의를 갖추는 회석이나 많은 사람 중에서만 만나는 것이 아니라 거상잡거居常雜居의 사석에서가 더욱 자주 만나게 되느니, 기탄없이 친근하기가 쉬워서 심상한 언동에도 그 영향을 받기가 쉬운 것이다.

금객기붕琴客碁朋을 사귀면 한가한 세월을 보내기 쉽고, 술 친구를 따르면 항상 술 취해 있기 쉬운 것이고, 국사國士를 상종하면 경국제세經國濟世를 논의하게 되는 것이다. 어찌 우

교를 삼가지 아니하리요.

구름은 용을 따르고 바람은 범을 따르며

천하 만물은 각기 그 유類를 따른다

운 종 용　풍 종 호
雲從龍 風從虎
천 하 지 물　각 종 기 유
天下之物 各從其類

이는 『주역』에 있는 말이다.

이 말이 자연계에 있어서는 그대로 적용되는 것이지마는 사

람은 그보다도 유를 따를 뿐 아니라 유를 선택해야 할 것이다.

왜 그러하냐 하면, 악인과 범부는 언제까지나 그러한 것이

아니라, 악을 개改하여 선을 작作할 수도 있고, 범凡을 혁革하

여 성聖을 성成할 수도 있는 까닭이다.

사람은 자기의 단점을 발견할수록 그 동류를 따르지 말고

사우師友를 택하여 사귈 것이다.

사람은 원숭이로부터 진화된 것이라 하느니, 개악작선改惡作

善하고 혁범성성革凡成聖할 가능성은 유전적으로 가지고 있

는 것이다.

내가 언제나 생각하고 있는 것은 사람마다 제각기 전문지식을 연구하여야 하겠다는 것이다. 따라서 나에게 청춘이 다시 돌아온다면 무슨 학문이든지, 과학이고 철학이고, 전문으로 돌진해 전공하겠다.

세상 일이, 대소 사업을 막론하고 모든 일이 모두 알고 알지 못하는 데서 그 일의 성불성成不成이 나타나는 것이다. 큰 죄악을 짓는 것도 알지 못하는 데서 빚어져 나오는 것이며, 대사업을 성공하는 것도 모든 것을 잘 아는 데서 배태胚胎되는 것이니, 알고 알지 못하는 것이 사회 건설에 성패득실成敗得失의 차이를 낳는 것인즉, 그 얼마나 큰 결과가 되겠느냐?

이제 나는 나이도 많고 정력도 쇠약해졌으니 후회한들 소용이 있겠는가만, 내가 오늘과 같이 되고 나서 과거의 나의 역사를 회고해 보니, 무엇이든지 어떤 학문이든지 한곳로 돌진하여 그곳에서 진리를 깨닫고 그것으로 대사업도 경영해 보고, 사회 건설의 일조一助가 되어 볼 것이라고 항상 절실

히 감득하는 바이다

그러한즉, 금일 청년들은 나처럼 나이 늙고 기력이 쇠진한 뒤에 또다시 나의 잘못을 되풀이하지 말고 오늘날, 이 당장에서, 일대 각오와 일대 용단을 내려서 전문지식을 연구하여 장래의 우리, 영구의 나를, 좀더 행복스럽게 광영한 사회 생활을 하도록 노력하라고 충고하고 싶다.

Part 5

부록

만해 선상 좌상과 만해 기념관

만해 한용운 연보

1879	1892	1894	1908
8월 29일 충청남도 홍성군에서 한응준과 온양 방씨 사이의 아들로 출생했다. 법명은 용운, 법호는 만해	전정숙과 결혼	동학농민운동에 가담. 이후 인제군 백담사로 들어가 불교에 심취	조선 전국 사찰 대표 52인에 참여

1973	1944	1935	1932
7월 《한용운전집》 간행	6월 29일 서울 성북동에서 사망	장편 《흑풍》 연재	수필 〈평생 못 잊을 상처〉를 《조선일보》에 발표

1997	2019
백담사에 만해기념관 건립	심우장尋牛莊 국가 사적으로 지정

만해 한용운은 1879년 8월 29일 출생했으며, 1944년.6월 29일 사망했다.

1913	1914	1917	1918
통도사 불교강사 취임.《조선불교 유신론》간행	《불교대전》저술 조선불교청년동맹 결성	《정선강의 채근담》 발간	월간지 《유심》 창간

1931	1927	1926	1919
《불교》지를 인수함	신간회 중앙위원회 위원 지냄	시집 《님의 침묵》 출판. 〈가갸날에 대하여〉《동아일보》에 발표	3·1운동 민족대표 33인의 한 사람으로 참여. 독립선언서에 서명함 독립선언서 낭독과 만세 운동에 가담하였다가 조선총독부 경찰에 체포. 후에 서대문형무소에 투옥되어 3년간 복역

己未獨立宣言書

우리는 이에 우리 조선이 독립한 나라임과, 조선 사람이 자주적인 민족임을 선언한다.

이로써 세계 만국에 알려 인류 평등에 큰 도의를 분명히 하는 바이며, 이로써 자손만대에 깨우쳐 일러 민족의 독자적 생존에 정당한 권리를 영원히 누려 가지게 하는 바이다.

반만년 역사의 권위에 의지하여 이를 선언함이며, 이천만 민중의 충성을 합하여 이를 두루 펴서 밝힘이며, 영원히 한결같은 민족의 자유 발전을 위하여 이를 주장함이며, 인류가 가진 양심의 발로에 뿌리박은 세계 개조의 큰 기회와 시운에 맞추어 함께 나아가기 위하여 이 문제를 내세워 일으킴이니, 이는 하늘의 지시이며, 시대의 큰 추세이며, 전 인류 공동생존권의 정당한 발동이기에 천하의 어떤 힘이라도 이를 막고 억누르지 못할 것이다.

낡은 시대의 유물인 침략주의·강권주의에 희생되어 역사가 있은 지 몇 천 년 만에 처음으로 다른 민족의 억누름에 뼈아픈 괴로움을 당한 지 이미 십 년이 지났으니, 그동안 우리 생존권에 빼앗겨 잃은 것이 그 얼마이며, 정신상 발전에 장애를 받은 것이 그 얼마이며, 민족의 존엄과 명예에 손상을 입은 것이 그 얼마이며, 새롭고 날카로운 기운과 독창력으로 세계 문화에 이바지하고 보탤 기회를 잃은 것이 그 얼마나 될 것이냐.

슬프다. 오래 전부터의 억울을 떨쳐 펴려면, 눈앞의 고통을 헤쳐 벗어나려면, 장래의 위협을 없애려면, 눌러 오그라들고 사그러져 잦아진 민족의 장대한 마음과 국가의 체면과 도리를 떨치고 뻗치려면, 각자의 인격을 정당하게 발전시키려면, 가엾은 아들 딸들에게 부끄러운 현실을 물려주지 아니하려면 자자손손에게 영구하고 완전한 경사와 행복을 끌어대어 주려면, 가장 크고 급한 일이 민족의 독립을 확실하게 하는 것이니 이천만 사람마다 마음의 칼날을 품어 굳게 결심하고, 인류 공통의 옳은 성품과 이 시대를 지배하는 양심이 정의라는 군사와 인도라는 무기로써 도와주고 있는 오늘날, 우리는 나아가 취하매 어느 강자인들 꺾지 못하며, 물러가서 일을 꾀함에 무슨 뜻인들 펴지 못하랴.

병자수호조약 이후 때때로 굳게 맺은 갖가지 약속을 저버렸다 하여 일본의 배신을 죄주려 하는 것이 아니다.

그들의 학자는 강단에서, 정치가는 실제에서 우리 옛 왕조 대대로 닦아 물려온 업적을 식민지의 것으로 보고, 문화 민족인 우리를 야만족같이 대우하며 다만 정복자의 쾌감을 탐할 뿐이요, 우리의 오랜 사회 기초와 뛰어난 성품을 무시한다 해서 일본의 의리 없음을 꾸짖으려는 것도 아니다.

스스로를 채찍질하고 격려하기에 바쁜 우리는 남을 원망할 겨를이 없다.

현 사태를 수습하여 아물리기에 급한 우리는 묵은 옛일을 응징하고 잘못을 가릴 겨를이 없다.

오늘 우리에게 주어진 임무는 오직 자기 건설에 있을 뿐이요, 그것은 결코 남을 파괴하는 데 있는 것이 아니다.

엄숙한 양심의 명령으로써 자기의 새 운명을 펼쳐나갈 뿐이오, 결코 묵은 원한과 일시적 감정으로써 남을 시새워 쫓고 물리치려는 것도 아니로다.

낡은 사상과 묵은 세력에 얽매여 있는 일본 정치가들의 공명에 희생된 불합리하고 부자연스러움에 빠진 이 어그러진 상태를 바로잡아 고쳐서 자연스럽고 합리적인, 올바르고 떳떳한 큰 근본이 되는 길로 돌아오게 하고자 함이로다.

당초에 민족적 요구로부터 나온 것이 아니였던 두 나라의 합방이었으므로 그 결과가 마침내 억누름으로 유지하려는 일시적인 방편과, 민족 차별의 불평등과, 거짓으로 꾸민 통계 숫자에 의하여 서로 이해가 다른 두 민족 사이에 영원히 함께 화합할 수 없는 원한의 구덩이를 더욱 깊게 만드는 오늘의 실정을 보라.

날래고 밝은 결단성으로 묵은 잘못을 고치고, 참된 이해와 동정에 그 기초를 둔 우호적인 새로운 판국을 타개하는 것이 서로 간에 화를 쫓고 복을 불러들이는 빠른 길인 줄을 분명히 알아야 할 것이 아닌가.

또 원한과 분노에 쌓인 이천만 민족을 위력으로 구속하는 것은 다만 동양의 영구한 평화를 보장하는 길이 아닐 뿐 아니라, 이로 인하여 동양의 안전과 위태로움을 좌우하는 굴대인 4억 중국인이 일본에 대하여 가지는 두려움과 시새움을 갈수록 두텁게 하여, 그 결과로 동양의 온 판국이 함께 넘어져 망하는 비참한 운명을 가져올 것이 분명하니, 오늘날 우리 조선의 독립은 조선 사람으로 하여금 정당한 생존과 번영을 이루게 하는 동시에 일본으로 하여금 그릇된 길에서 벗어나 동양을 붙들어 지탱하는 자의 중대한 책임을 온전히 이루게 하는 것이며, 지나인으로 하여금 꿈에도 잊지 못할 괴로운 일본 침략의 공포심으로부터 벗어나게 하는 것이며, 또 동양 평화로써 그 중요한 일부를 삼는 세계 평화와 인류 행복의 필요한 단계가 되게 하는 것이다.

이 어찌 사소한 감정상의 문제이리오.

아, 새로운 세계가 눈앞에 펼쳐졌도다.

위력의 시대가 가고 도의의 시대가 왔도다.

과거 오랫동안 갈고 닦아 키우고 기른 인도적 정신이 이제 막 새 문명의 밝아오는 빛을 인류 역사에 쏘아 비추기 시작하였도다.

새봄이 온 세계에 돌아와 만물이 되살아나기를 재촉하는구나.

혹심한 추위가 사람의 숨을 막아 꼼짝 못 하게 한 것이 저 지난 시대의 형세라 하면, 화창한 봄바람과 따뜻한 햇볕에 원기와 혈맥을 떨쳐 펴는 것은 이 한때의 형세이니, 천지에 돌아온 운수에 접하고 세계의 새로 바뀐 조류를 탄 우리는 아무 주저할 것도 없으며 아무 거리낄 것도 없도다.

우리의 본디부터 지녀온 권리를 지켜 온전히 하여 생명의 왕성한 번영을 실컷 누릴 것이며, 우리의 풍부한 독창력을 발휘하여 봄 기운 가득한 천지에 순수하고 빛나는 민족 문화를 맺게 할 것이로다.

우리는 이에 떨쳐 일어나도다.

양심이 우리와 함께 있으며, 진리가 우리와 함께 나아가는도다.

남녀노소 없이 어둡고 답답한 옛 보금자리로부터 활발히 일어나 삼라만상과 함께 기쁘고 유쾌한 부활을 이루어내게 되도다.

먼 조상의 신령이 보이지 않는 가운데 우리를 돕고, 온 세계의 새 형세가 우리를 밖에서 보호하고 있으니 시작이 곧 성공이다.

다만, 앞길의 광명을 향하여 힘차게 곧장 나아갈 뿐이로다.

공약 3장

1, 오늘 우리의 이번 거사는 정의, 인도와 생존과 영광을 갈 망하는 민족 전체의 요구이니, 오직 자유의 정신을 발휘할 것이요, 결코 배타적인 감정으로 정도에서 벗어난 잘못을 저지르지 말라.

1, 최후의 한 사람까지, 최후의 일각까지 민족의 정당한 의 사를 시원하게 발표하라.

1, 모든 행동은 가장 질서를 존중하며, 우리의 주장과 태도 를 어디까지나 떳떳하고 정당하게 하라.

조선을 세운지 4252년 되는 해 3월 초하루. 조선민족 대표:

손병희 길선주 이필주 백용성 김완규
김병조 김창준 권동진 권병덕 나용환
나인협 양순백 양한묵 유여대 이갑성

이명룡 이승훈 이종훈 이종일 임예환

박준승 박희도 박동완 신홍식 신석구

오세창 오화영 정춘수 최성모 최린

한용운 홍병기 홍기조

己未獨立宣言書

吾等은 玆에 我朝鮮의 獨立國임과 朝鮮人의 自主民임을 宣言하노라 此로써 世界萬邦에 告하야 人類平等의 大義를 克明하며 此로써 子孫萬代에 誥하야 民族自存의 正權을 永有케 하노라 半萬年歷史의 權威를 仗하야 此를 宣言함이며 二千萬民衆의 誠忠을 合하야 此를 佈明함이며 民族의 恒久如一한 自由發展을 爲하야 此를 主張함이며 人類的良心의 發露에 基因한 世界改造의 大機運에 順應并進하기 爲하야 此를 提起함이니 是天의 明命이며 時代의 大勢이며 全人類共存同生權의 正當한 發動이라 天下何物이던지 此를 沮止抑制치 못할지니라

舊時代의 遺物인 侵略主義强權主義의 犧牲을 作하야 有史以來累千年에 처음으로 異民族箝制의 痛苦를 嘗한지今에 十年을 過한지라 我生存權의 剝喪됨이 무릇幾何며 心靈上發展의 障礙됨이 무릇幾何며 民族的尊榮의 毀損됨이 무릇幾何며 新銳와 獨創으로써 世界文化의 大潮流에 寄與補裨

할 奇緣을 遺失함이 무릇 幾何뇨

噫라舊來의 抑鬱을 宣暢하려하면 時下의 苦痛을 擺脫하려하면 將來의 脅威를 芟除하려하면 民族的良心과 國家的廉義의 壓縮銷殘을 興奮伸張하려하면 各個人格의 正當한 發達을 遂하려하면 可憐한 子弟에게 苦恥的財産을 遺與치 안이하려하면 子子孫孫의 永久完全한 慶福을 導迎하려하면 最大急務가 民族的獨立을 確實케함이니 二千萬各個가 人마다 方寸의 刃을 懷하고 人類通性과 時代良心이 正義의 軍과 人道의 干戈로써 護援하는 今日 吾人은 進하야 取하매 何强을 挫치 못하랴 退하야 作하매 何志를 展치 못하랴

丙子修好條規以來 時時種種의 金石盟約을 食하얏다 하야 日本의 無信을 罪하려 안이하노라 學者는 講壇에서 政治家는 實際에서 我祖宗世業을 植民地視하고 我文化民族을 土昧人遇하야한갓 征服者의 快를 貪할 뿐이오 我의 久遠한 社會基礎와 卓犖한 民族心理를 無視한다하야 日本의 少義함을 責하려 안이하노라 自己를 策勵하기에 急한 吾人은他의 怨尤를 暇치 못하노라 現在를 綢繆하기에 急한 吾人은 宿昔의 懲辯을 暇치 못하노라 今日 吾人의 所任은 다만 自己의

建設이 有할 뿐이오 決코 他의 破壞에 在치안이하도다 嚴肅한 良心의 命令으로써 自家의 新運命을 開拓함이오 決코 舊怨과 一時的感情으로써 他를 嫉逐排斥함이 안이로다 舊思想舊勢力에 羈縻된 日本爲政家의 功名的犧牲이된 不自然又不合理한 錯誤狀態를 改善匡正하야 自然又合理한 政經大原으로 歸還케 함이로다 當初에 民族的要求로서 出치 안이한 兩國併合의 結果가 畢竟姑息的威壓과 差別的不平과 統計數字上虛飾의 下에서 利害相反한 兩民族間에 永遠히 和同할 수 업는 怨溝를 去益深造하는 今來實績을 觀하라 勇明果敢으로써 舊誤를 廓正하고 眞正한理解와 同情에 基本한 友好的新局面을 打開함이 彼此間遠禍召福하는 捷徑임을 明知할 것 안인가 또 二千萬含憤蓄怨의 民을 威力으로써 拘束함은 다만 東洋의 永久한 平和를 保障하는 所以가 안일 뿐 안이라 此로 因하야 東洋安危의 主軸인 四億萬支那人의 日本에 한危懼와 猜疑를 갈스록 濃厚케하야 그結果로 東洋全局이 共倒同亡의 悲運을 招致할 것이 明하니 今日吾人의 朝鮮獨立은 朝鮮人으로 하야금 正當한 生榮을 遂케하는 同時에 日本으로 하야금 邪路로서 出하야 東洋支持者인 重責을 全

케하는 것이며 支那로 하야금 夢寐에도 免하지 못하는 不安
恐怖로서 脫出케 하는 것이며 또 東洋平和로 重要한 一部를
삼는 世界平和人類幸福에 必要한 階段이 되게 하는 것이라
이엇지 區區한 感情上問題리오

아아 新天地가 眼前에 展開되도다 威力의 時代가 去하고 道
義의 時代가 來하도다 過去全世紀에 鍊磨長養된 人道的精
神이 바야흐로 新文明의 曙光을 人類의 歷史에 投射하기 始
하도다 新春이 世界에 來하야 萬物의 回蘇를 催促하는도다
凍氷寒雪에 呼吸을 閉蟄한것이 彼一時의 勢라하면 和風暖陽
에 氣脈을 振舒함은 此一時의 勢니 天地의 復運에 際하고
世界의 變潮를 乘한 吾人은 아모 躊躇할 것 업스며 아모 忌憚
할 것 업도다 我의 固有한 自由權을 護全하야 生旺의 樂을
飽享할 것이며 我의 自足한 獨創力을 發揮하야 春滿한 大界
에 民族的精華를 結紐할지로다

吾等이 玆에 奮起하도다 良心이 我와 同存하며 眞理가 我와
幷進하는도다 男女老少업시 陰鬱한 古巢로서 活潑히 起來
하야 萬彙群象으로 더부러 欣快한 復活을 成遂하게 되도다
千百世祖靈이 吾等을 陰佑하며 全世界氣運이 吾等을 外護

하나니 着手가 곳成功이라다만 前頭의 光明으로 驀進할 겨
름인뎌

公約三章

一. 今日吾人의 此擧는 正義人道生存尊榮을 爲하는 民族的
　　要求니 오즉 自由的精神을 發揮할 것이오 決코 排他的
　　感情으로 逸走하지 말라
一. 最後의 一人까지 最後의 一刻까지 民族의 正當한 意思
　　를 快히 發表하라
一. 一切의 行動은 가장 秩序를 尊重하야 吾人의 主張과 態
　　度로 하야금 어대까지던지 光明正大하게 하라

朝鮮建國四千二百五十二年三月一日 朝鮮民族代表

孫秉熙　　吉善宙　李弼柱　　白龍城　　金完圭

金秉祚　　金昌俊　權東鎭　　權秉悳　　羅龍煥

272

羅仁協　梁旬伯　梁漢默　劉如大　李甲成

李明龍　李昇薰　李鍾勳　李鍾一　林禮煥

朴準承　朴熙道　朴東完　申洪植　申錫九

吳世昌　吳華英　鄭春洙　崔聖模　崔　麟

韓龍雲　洪秉箕　洪其兆

◦ 주

기미독립선언서는 1919년 3월 1일 민족
대표 33인이 한국의 독립을 내외에 선언
한 글이며, 3·1운동의 기폭제가 되었다.
선언서의 초안은 육당 최남선이 작성하였
고, 이에 더하여 보다 적극적인 우리 민족
의 독립 의지를 담아 만해 한용운이 공약
3장을 덧붙였다.

"혁명가와 선승과 신인의 일체화 ― 이것이 한용운 선생의 진면목이요, 선생이 지닌 바 이 세 가지 성격은 마치 정삼각형 같아서 어느 것이나 다 다른 양자를 저변으로 한 정점을 이루었으니, 그것들은 각기 독립한 면에서도 후세의 전범이 되었던 것이다."

-조지훈

"인도에는 간디가 있고 조선에는 만해가 있다."

-정인보

"투철한 독립투사이자 혁혁한 민족운동가로서, 높은 경지의 선승이자 실천적 종교가로서, 또한 문학사 불멸의 시집 『님의 침묵』의 시인으로서 만해는 민족사 초유의 입체적 성격을 지닌 '천석종千石鍾'으로 생각되기 때문이다. 따라서 만해는 작게 치면 작게 소리가 나지만 크게 치면 칠수록 큰 소리로 울리는 역사의 종, 민족의 종으로서의 상징적 존재가 아닐 수 없다."

-김재홍

"칠천 승려를 합해도 만해 한 사람을 당하지 못한다. 만해 한 사람을 아는 것이 다른 사람 만 명을 아는 것보다 낫다."

-홍명희

베르톨트 브레히트는 "어두운 시대에서 홀로 진리를 간직했던 갈릴레오의 생애를 그린 연극에서 영웅을 필요로 하는 시대는 불행하다. 그러나 영웅을 낳지 못하는 시대는 더욱 불행하다"고 말한다.

갈릴레오가 당시의 시대에서 얼마나 현실적인 세력일 수 있었는지 나는 잘 모르지만, 영웅을 현실의 세력에 현실적으로 작용할 수 있는 사람이라고 규정해 보자.

그러면 義士의 시대는 영웅의 시대보다 조금 더 불행한 시대일 것이다. 그러나 우리는 또 말할 수 있다.

의인을 낳지 못하는 시대는 더욱 불행하다고,

또 의인다운 시인일 망정 시인만을 가진 시대는

그보다 더 불행하다고.

한용운은 이러한 것을 잘 알고 있었다.

그리하여 그는 跋詩에서 "여러분이 나의 詩를 읽을 때에 나를 슬퍼하고 스스로를 슬퍼할 줄을 압니다"라고 한 것이다. 그는 계속하여 말하기를, 그의 자손의 시대에 있어서 그의 시를 읽는 것이 늦은 봄의 꽃수풀에 앉아서 마른 국화를 비벼서 코에 대는 것과 같을지 모르겠다고 했다.

그는 불행의 종말을 예상하고 그 종말과 더불어 그의 시가,
지난 계절의 꽃이 될 것을 바랐다.

그러나 우리는 늦은 봄의 꽃수풀에 있는가?

한용운의 시는 우리 현대사의 초반뿐만 아니라 오늘의 시대
까지를 포함한 〈궁핍한 시대〉에서 아직껏 가장 대표적인 국
화꽃으로 남아 있다.

                                          -김우창

만해 선사가 머물렀던 성북동 심우장 전경

마가 스님이 엮은
만해 한용운 선집

평화의
첫걸음

2019년 03월 1일 1판 1쇄 박음
2019년 03월 2일 1판 1쇄 펴냄
지은이 만해 한용운   **엮은이** 마가 스님
펴낸이 김철종 박정욱
편집 김효진   **디자인** 최예슬 이정현   **마케팅** 손성문
인쇄제작 정민문화사

펴낸곳 한언
출판등록 1983년 9월 30일 제1 - 128호
주소 110 - 310 서울시 종로구 삼일대로 453(경운동) KAFFE빌딩 2층
전화번호 02)701 - 6911   **팩스번호** 02)701 - 4449
전자우편 haneon@haneon.com   **홈페이지** www.haneon.com

ISBN 978-89-5596-867-5   04810
ISBN 978-89-5596-840-8   (세트)

이 도서의 국립중앙도서관 출판예정도서목록(CIP)은 서지정보유통지원시스템
홈페이지(http://seoji.nl.go.kr)와 국가자료공동목록시스템(http://www.nl.go.kr/kolisnet)에서
이용하실 수 있습니다.(CIP제어번호: CIP2019007015)